2DB
二次元ドリーム文庫
小説 竹内けん
挿絵 須影
ハーレムヴィラン
Harem Villain
山賊王と呼ばれた男

ハーレムシリーズの世界

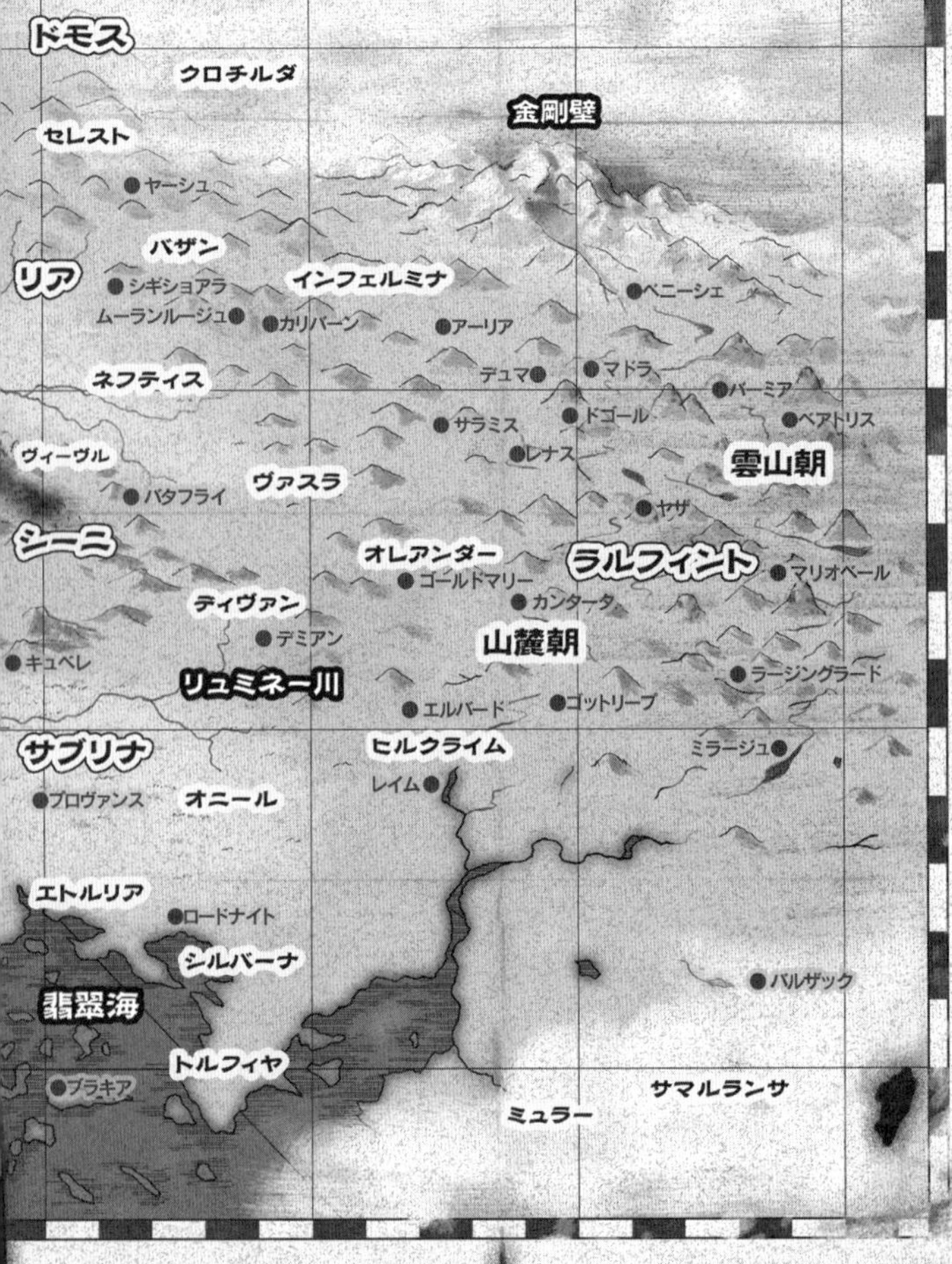
ドモス
クロチルダ
金剛壁
セレスト
ヤーシュ
バザン
リア
シギショアラ
インフェルミナ
ベニーシェ
ムーランルージュ
カリバーン
アーリア
デュマ
マドラ
ネフティス
バーミア
サラミス
ドゴール
ベアトリス
ヴィーヴル
レナス
雲山朝
ヴァスラ
バタフライ
ヤザ
シーニ
オレアンダー
ラルフィント
マリオベール
ゴールドマリー
ティヴァン
カンタータ
デミアン
山麓朝
キュベレ
ラージングラード
リュミネー川
エルバード
ゴットリーブ
サブリナ
ヒルクライム
ミラージュ
レイム
プロヴァンス
オニール
エトルリア
ロードナイト
シルバーナ
バルザック
翡翠海
トルフィヤ
ブラキア
サマルランサ
ミュラー

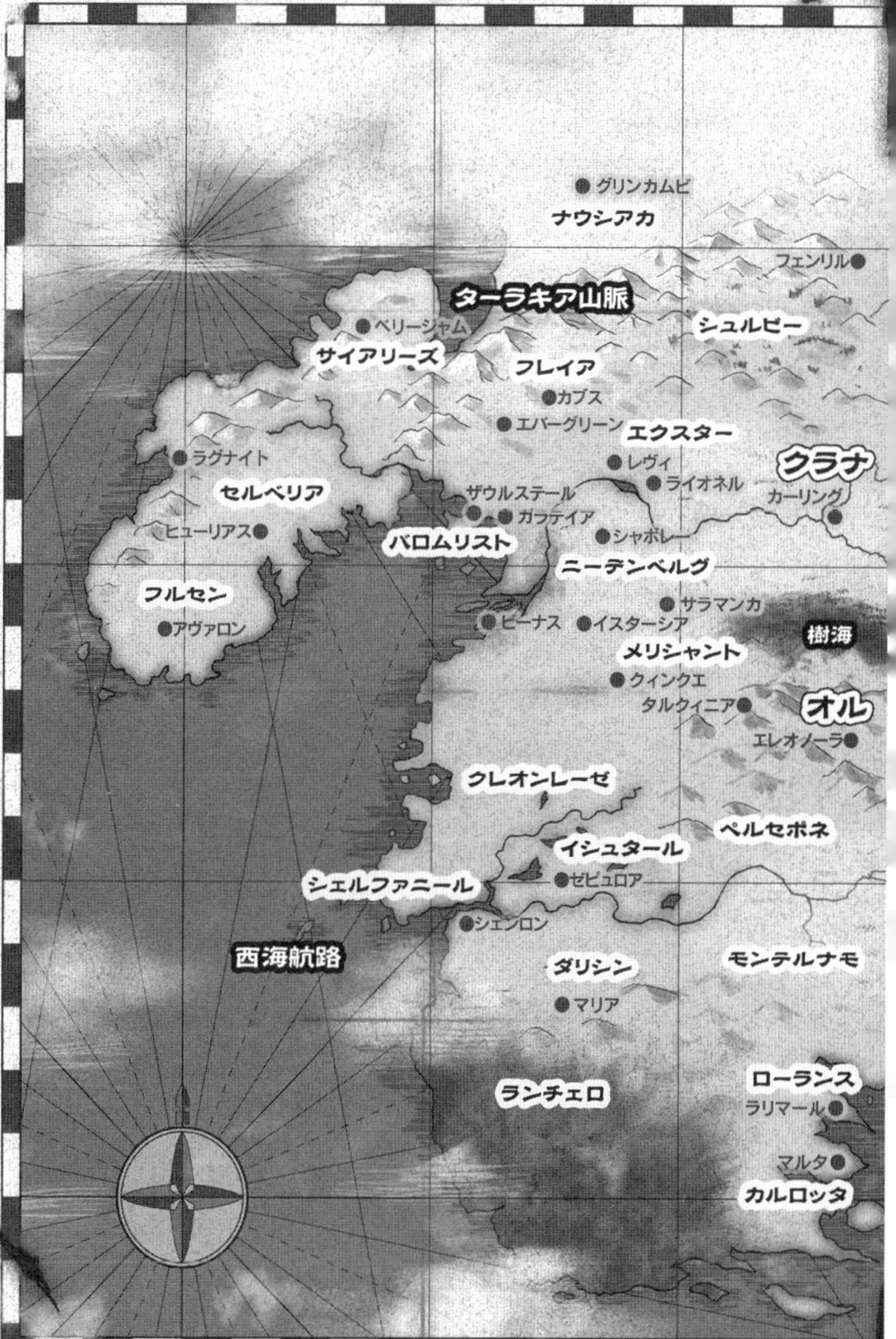
グリンカムビ
ナウシアカ
フェンリル
ターラキア山脈
シュルビー
ベリージャム
サイアリーズ
フレイア
カブス
エバーグリーン
エクスター
ラグナイト
レヴィ
クラナ
ライオネル
セルベリア
ザウルステール
カーリング
ガラテイア
ヒューリアス
バロムリスト
シャボレー
ニーデンベルグ
フルセン
サラマンカ
ビーナス
イスターシア
樹海
アヴァロン
メリシャント
クィンクエ
タルクィニア
オル
エレオノーラ
クレオンレーゼ
ペルセポネ
イシュタール
ゼピュロア
シェルファニール
シェンロン
西海航路
ダリシン
モンテルナモ
マリア
ローランス
ランチェロ
ラリマール
マルタ
カルロッタ

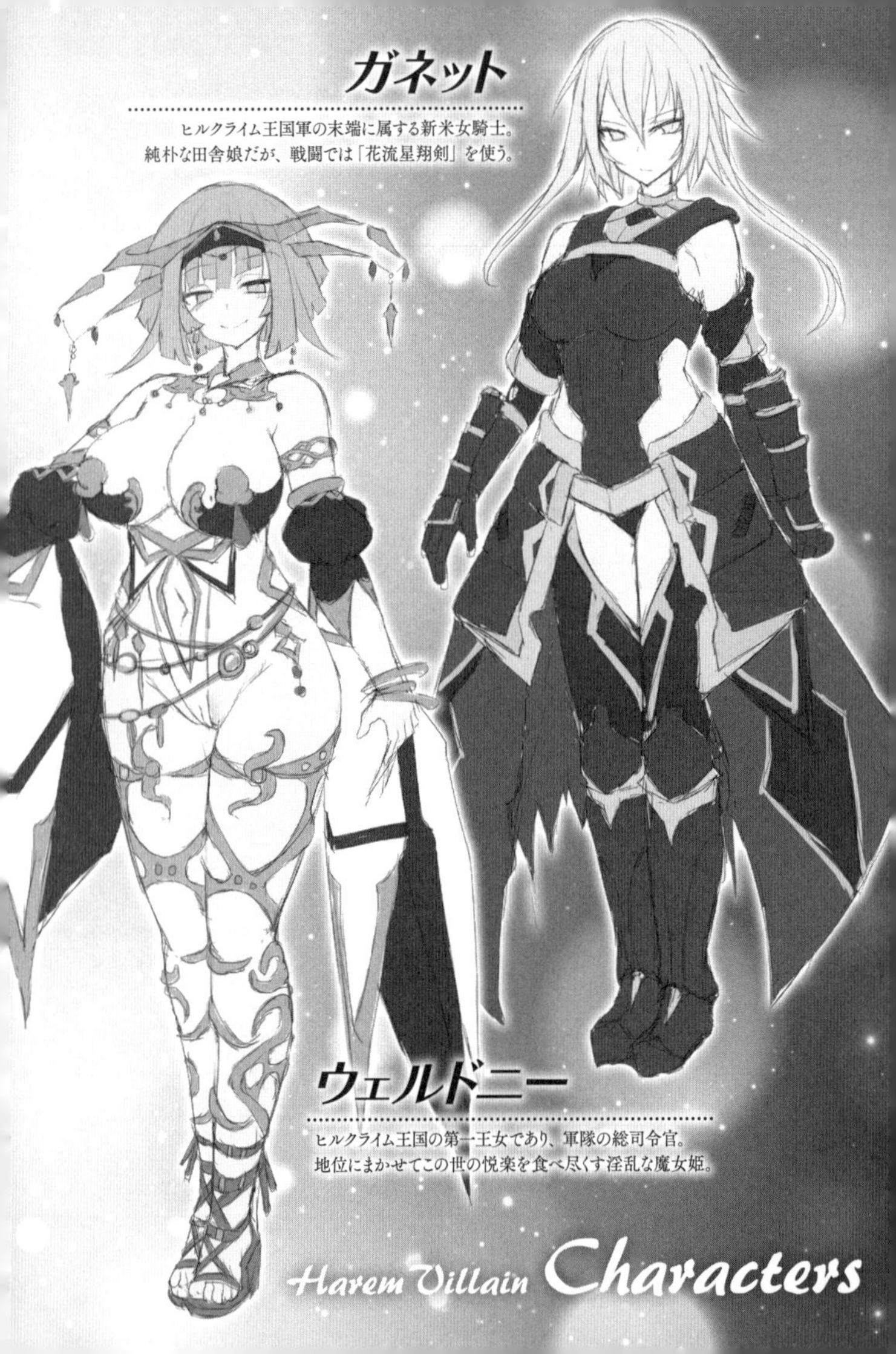
ガネット
ヒルクライム王国軍の末端に属する新米女騎士。
純朴な田舎娘だが、戦闘では「花流星翔剣」を使う。
ウェルドニー
ヒルクライム王国の第一王女であり、軍隊の総司令官。
地位にまかせてこの世の悦楽を食べ尽くす淫乱な魔女姫。
Harem Villain Characters

パルミド
『顔の焼けた女山賊』と恐れられる大山賊団の頭目。
ヒルクライム王国とその王女ウェルドニーを憎んでいる。
ラクウェル
ヒルクライム王国の最難関校に通う純粋な女学生。
宰相を志し、悪政に立ち向かう中でナリウスの正体を知る。
ナリウス
密輸業者だが、表向きは商人として『彩鳥堂』を営む悪党。
王国を追われたことで山賊の首領となり、国盗りを目論む。

第一章　セックスを娯楽と考える女

「ナリウスさん！　二重王国の国王セリューンの書籍が入荷したというのは本当ですか？」

仙樹暦1037年の夏。午後の暑い盛り。

ヒルクライム王国の首都エルバード。その城下町にある商店街の裏路地に入ったところに、『彩鳥堂』と書かれた看板の出された店はあった。

大陸の南にあるヒルクライム王国は、東にある老大国ラルフィント王国の首都ゴットリープと内海で繋がっているとはいえ、ゴットリープに向かう船が、わざわざ寄ることもない。大陸を横断するリュミネー川の源流に位置するが、わざわざ川をさかのぼる船もなかった。

それも仕方がないことだろう。目立った特産品がないのだ。

たいていの人にとっては、「あぁ、そういえば、そんな国もあったね」と思い出すのに苦労するような存在感の薄い国である。

王家の歴史こそ古いのだが、一度はラルフィント王国に征服された。その後、ラルフィント王国が内乱をしているどさくさに紛《まぎ》れて独立したのが、現国王のエノケンテスである。

父親を無理やり隠居させて実権を奪った彼は、旧領のみならず、さらなる領土拡大を目指して軍を起こしたのだが、当時はまだ無名であった若き名将バージゼルに完膚なきまでに撃退されてしまう。そのため民は疲弊し、国王を見限った諸侯が謀反を起こしたことは一度や二度ではない。

それをなんとか力ずくで抑え込んでいるが、逃亡兵などがあとを絶たず、おかげで、国の治安の悪さにかけては、世界でも屈指なのではないか、と思われている。

「我が国の名物は、賊さ。山に行けば山賊、海に行けば海賊がいる、川に行けば川賊を見られるぜ」

と自嘲する国民もいる始末だ。

こんな混沌とする国家が、近隣諸国から侵攻されないのは、征服しても旨味がないと判断されているからであろう。

近隣諸国から鼻つまみものにされているような国であったが、首都は首都だ。王都エルバードの城下町はそれなりに賑わっていた。

下町に居を構える『彩鳥堂』は食料も売れば、雑貨も売る。さらには希少本の果てまで扱っていた。つまり、なんでも屋だ。

どれも極めて安い値段で取り扱っているため、近所の住人たちには重宝されている。

そこに勢い込んで入店してきたのは、菫色の長い髪をした少女であった。

女の子らしい中背であり、体重も軽そうだ。胸の大きさもお察しといったところである。年齢は十八歳ということもあって、年相応の溌剌さはあって魅力的だが、美貌《びぼう》そのものに希少価値はないだろう。

それよりも、彼女を見ただけで他の客が動揺したのは、服装にある。

白いブラウスに、紺色のロングスカート。その上着には黄色の縁取り、青い肩章が付いていた。それはヒルクライム王国では知らぬ者はない名門学校の制服だったのだ。

この学校に通う生徒は、将来、国を動かすような人々であり、はっきり言って下町の雑貨屋に来るような客ではない。

「やぁ、いらっしゃい。ラクウェルさん」

柔和な笑みを浮かべて応じた店主は、三十歳前後の男だった。

背は高く、肌が浅黒く日焼けしている。

これが下町では知らぬ者とてない、『彩鳥堂』の若旦那だ。

『彩鳥堂』は、この地に代々続く老舗ではあったのだが、彼の代になって急速に事業を広げた。やり手の商人だ。

そのためか黙っていると剣呑な雰囲気さえ漂ってくる人物なのだが、口を開くときは柔和な商人らしい物腰になる。

「これでしょ？　ラクウェルさんの欲しがっていた本」

「うわ、よく手に入りましたね」

菫色の瞳を輝かせたラクウェルは、本を奪い取り、目を通そうとしたところで思いとどまった。

「あっ、でも、お高いんでしょ？」

「いや、これぐらいです」

ナリウスの提示した値段に、ラクウェルは目を剥《む》く。

「ちょ、ちょっと、それじゃ、その辺の雑誌と同じじゃないですか？　これはあのセリューン陛下が、これからの世界の秩序を記したという本ですよ。みんな喉から手が出るほどに欲しいんです」

子犬のようにキャンキャンと吠える少女をまえに、壮年の男は落ち着くようにと両手で宥《なだ》める。

たしかにいま世界で一、二を争うほどに影響力のある王が、自分の考えを示した本だ。王侯貴族は競って買い漁ったため、一般の市場にはなかなか流通していなかった。出たとしても、目が飛び出るような値段が付いている。

「本なんてものは、読んでもらいたい者に読んでもらってなんぼのものですからね。ラクウェルさんなら読んでおかねばならない本でしょ」

「そんな……悪いですよ」

遠慮する少女に、店員の一人のお姉さんが声をかけてきた。

「店長はラクウェルちゃんに読んでもらいたくて、四方八方に手を尽くして探させたんですから、ラクウェルちゃんに買ってもらえないと、使いパシリをさせられた我々店員も浮かばれませんよ」

「こら、ローラ」

ミントグリーンの長髪にソバージュをかけて、背中でひっつめにした店員は、店長に叱られて悪戯《いたずら》っぽく肩を竦《すく》めた。

年の頃は二十代の後半。目鼻立ちのはっきりとしたけっこうな美人である。それもそのはずで昔は、旅芸人の一座で踊り子をしていたらしい。

「第一、そんな難しい本を読みたがるような客は、うちにはラクウェルちゃんしか来ませんって」

「……そ、それじゃ、遠慮なく買わせていただきます」

恐縮しながらもラクウェルが本を受け取ったことに、ナリウスは満足する。

ラクウェルの背後に立ったローラが、客に気付かれないように声を出さずに、大きく口を開閉させて、「ロ・リ・コ・ン」とからかってきたことは無視した。

「毎度ありがとうございます。あ、そうだ。ちょうどお茶を淹れたところです。久しぶりにラクウェルさんもいかがですか？」

「ご相伴にあずかります」

買った本を一刻も早く読みたいといった素振りのラクウェルであったが、断るのも礼儀に反すると思ったのか、本を大事そうに胸に抱いて、店の奥にあった木製のテーブルに着く。

「どうぞ」

花柄の付いたティーカップを、店長自ら少女の前に配膳した。

それを一目見たラクウェルは、軽く眉をしかめて器をしげしげと見る。

「わたし、食器の知識はあまりありませんけど、ここにデミミュラーって書いてありますよ。デミミュラーって、あれでしょ？　わたしでも知っているような滅茶苦茶有名な高級食器ですよね」

「そうでしたっけ？　ちょっとした掘り出し物ですよ。ささ、冷めないうちにどうぞ」

「まったく、また無駄遣いして。そんなんだから三十にもなってお嫁さんももらえないんですよ」

年下の娘にジト目を向けられたナリウスは軽く頭を掻《か》く。

「これは手厳しい。ラクウェルさんにはかないませんね」

「あはは、さっすがラクウェルちゃん、言うわね〜♪」

ローラを始めとした店員たちや、常連客が一斉に笑う。

いまでこそ国一番の名門学校に通っているラクウェルだが、この下町の出身だ。

そのためナリウスは、彼女のことを生まれた時から知っている。

父親は配管工、母親は助産婦という生粋の庶民の娘だ。エルバードの下町の娘、ちゃきちゃきの「エルバードっこ」といっていいだろう。

しかし、彼女は幼少期から勉強が好きで、よく本を求めて『彩鳥堂』にやってきた。

そのため彼女の父親などは、

「うちの娘は将来、偉い学者さんになるんじゃないか」

と自慢していたものである。

そんな両親の期待を一身に集めた彼女は、勉強に勤しみ、ヒルクライム王国で最難関の学校に合格した。

そこは国の役人を輩出するための学校だ。

貴族の子弟なども多く、庶民出身の彼女は苦労しているようである。

しかも、分不相応な学校に通う学費を稼ぐために無理をしたのか、彼女の父親は夜盗に襲われて亡くなり、母親も流行り病で亡くなった。

苦学している少女を応援したくなるのは、人情というものだろう。

年上の男を、まるで弟を諭すかのように見やったラクウェルは、ティーカップの取っ手を持って口元に運ぶ。

「ふぅ～、よい香りです。これもかなりいい茶葉ですよね」

「ええ、まぁ、そこそこに。お茶請けにクッキーはいかがですか」

「あ、これ？　カーリングの銘菓『紅玉館』のクッキーじゃありませんか。わたし、これ一度食べてみたかったんです」

目の色を変えたラクウェルは、さっそくクッキーを頬張る。

「ああ、美味しい。これが飛龍のミルクを使ったというクッキーですか。なんという濃厚な味わい！」

「ふふ……」

若い娘が、感動の声をあげて夢中になって旺盛な食欲を満たす光景を、ナリウスはほほえましく見守る。

やがて満足したらしいラクウェルは、ローラたち店員が忙しく働いている店内に目を向けた。

「ナリウスさんの店は流行っていますね」

「おかげさまで」

「こんなに客が多い店は、ここぐらいですよ。どこもかしこも不景気で、大通りの店なんて軒並み閑古鳥が鳴いちゃっています。下町の住民は、この店がなくなったら、みんな飢え死にしちゃうんじゃないですかね」

やり手の店主に、ラクウェルはジト目を向ける。

「昔から思っていたんですけど、ナリウスさんって謎ですよね」

「そうですか？」

肩を竦めておどけてみせるナリウスに、ラクウェルは椅子に座ったまま身を乗り出す。

「ええ、この不景気な国で、安くて大量の品物をどこから仕入れているんですか？」

「それは企業秘密ですよ。そんなことより、勉強のほうははかどっていますか？　どうやら、最上級試験を受けるらしいという噂は聞いていますが」

ナリウスに話を逸らされたラクウェルは、深追いせずに薄い胸を張ってみせた。

「ええ、任せてください。絶対に最上級試験に首席で受かってみせます」

「首席ですか？　それはすごい」

ラクウェルの通っている学校は、王国の役人を育てる学校であり、そこの最上級試験を突破すれば、高級官僚としての道が開かれる。

まして、首席ということになれば、よほどのことがない限り、最終的には大臣になれるだろう。宰相とて夢ではない。

もちろん、庶民出身。それも女性の身には、狭き門である。おそらく、ヒルクライム王国では前例がないのではなかろうか。

肩肘を張っている少女に、ナリウスは優しく笑いかける。

「落ちたら、うちで雇ってあげますよ」

「やめてください。縁起でもない」

ラクウェルは頬を膨らませる。

「あはは、すいません」

「でも、永久就職させてくれるなら、考えます」

「それはそれは。ラクウェルさんがわたしのお嫁さんになってくれるんですか？」

ナリウスが驚いた顔をすると、ラクウェルは軽く頬を染めて視線を明後日の方向に向ける。

「冗談ですよ。本気にしないでください。わたしは試験に絶対に受かりますからね」

「それは残念です」

わざとらしく沈んだ顔をしてみせるナリウスに、ラクウェルは澄ました顔で応じる。

「それに経済と経営は別物ですからね。わたしは経済をやりたいのです。経営は向きませ
ん」

「ほぉ、その二つはどう違うのですか？」

ナリウスが興味を示すと、ラクウェルは勢い込んで講義を始めた。

「例えばです。この店を繁盛させるためには、ライバル店を出し抜き、潰し、商品を独占してしまうのが一番いい。そうすれば価格を自由に決められますからね。採算の取れない

赤字部門は整理。従業員も使えない者はリストラし、規模に見合った人員を適材適所に配置する。これが経営です。しかし、これは国家という視点ではやってはいけないことなのです。商品を独占されて高い値で売られたのでは、客が困ります。だから、独占させない。また、国家は赤字だとわかっていても公共の利益のためにはやらねばならないことがあります。というよりも、民間では赤字になってできないことを進んでやるのが国家です。使えない人だからといってリストラされたのでは、その者が食えなくなってしまいます。食えない者は犯罪に走ります。当然、治安が悪くなる。治安が悪くなれば、それを取り締まる警備兵が必要になる。警備兵を雇うためにも金はかかります。この警備兵を雇う金と、犯罪による損害を考えれば、使えない者でも、適当な仕事を与えておいたほうが安上がりになる。これが経済です。国家と商店というのは、単に規模が違うというのではなく、理念が違うのですよ。それなのにこの国のお偉いさんたちは、セーフティーネットというものがまるでわかっていない。山賊が出たから退治するのではなく、山賊が出ないようにする。それが政治であり、経済なのです」

語っているうちに興奮してきたようで、ラクウェルは身振り手振りを交えて熱弁を振るう。

「なるほど……」

ラクウェルのやりたいことはわかる。

故国をよくしたいという志に燃える彼女の思いは尊い。しかし、いまこの国で、それを通すのは難しいだろうな、とナリウスは思う。

ラクウェルが上級公務員試験に、首席合格するかどうかはわからないが、おそらく受かりはするだろう。

座学でいくら優秀な成績を叩きだしたとしても、平民出身、女だからという理由で、首席から外される可能性は十分にある。

(この国の闇は、そんな若手のエリート官僚が誕生したからといってたちまち晴れるようなものではないですからね)

むしろ、正論を吐くような改革派の官僚など、地方に飛ばされるか、暗殺されてしまうのがオチなのではないだろうか。

そんな懸念を抱かずにはいられない。

「頑張ってください。下町のみんながラクウェルさんに期待していますよ」

内心の憂いを隠したナリウスは、下町の星というべき少女に、オマケとして余ったクッキーを持たして送り出した。

※

「ふざけているのか！　市場価格の百分の一以下じゃねぇか！」

夜、王都エルバードからほど近い山の中にある掘っ立て小屋である。

その中には大きなテーブルが置かれ、椅子に座った幾人かの人物と、その周囲を囲む大勢の男たちが林立していた。

怒声を張り上げたのは、禿頭《とくとう》で汚いなりをした典型的な山賊の男である。

「嫌なら、他を当たってください」

向かいの席に座り、涼しい顔でのたまった男の顔を、もし高級官僚を志す女学生ラクウェルが見たら仰天したことだろう。

月光に照らされた浅黒い顔、それは下町でなんでも屋『彩鳥堂』を営む主人のものだったのである。

「てめぇ、俺らを舐めているのか！」

「あ、大きな声をあげるのは勝手ですが、近寄らないでください。あなたの息は臭そうだ」

「商人如きが舐めた口を利いているんじゃねぇぞ！」

ますます激高した男は、椅子を蹴って立ち上がる。

「わたしはいたって真面目ですよ。あなたは風呂に入らないでしょう。変な匂いが付いたら女性に嫌われる」

「ぶち殺されたいのか！」

山賊はシミターを翳《かざ》して、ナリウスを脅そうとした。それより一瞬早く、優男の腕の甲から短刀が抜き放たれ、むさい男の腹に突き刺さる。

「……えっ」

脅そうとしただけで、まさか自分が刺されるとは予想していなかったのだろう。禿頭の男は、自分の身に起こったことがわからず困惑しているようだ。

「これは正当防衛ですよね」

ごく無造作にナリウスは、さらにナイフを深く押し込んだ。

「ギャ〜ッ」

たまらず腹を刺された男は、悲鳴とともに血飛沫《ちしぶき》を撒《ま》き散らしながら床を転がる。

「ひぃ、いてぇ、いてぇよ、魔法、魔法で治療してくれ」

血反吐《ちへど》を吐いてのたうつ山賊を、ナリウスは一顧だにしない。

残りの山賊たちを睥睨《へいげい》しながら、傍らにあったローラから受け取ったハンカチで丁寧に刀身を拭った。

「治療するなら、外でお願いします」

短刀を鞘に戻したナリウスの冷静な声に、我に返った山賊たちは激高して武器に手をかける。

「よくもやりやがったな！」

当然、ナリウスの従えていた部下たちも武器に手をかける。

一触即発の中、ドスの効いた女の声が響いた。

「よしな」

声の主は、山賊側の椅子に座っていた。

ルビーを溶かしたかのような鮮やかな頭髪をした大柄な女だ。

骨太の体であり、筋肉質。そんな逞《たくま》しい体に、黒い革の胸当てと、パンツ。そして、首回りに獣の爪のネックレス。傍らにはこれ見よがしに大きな戦斧が置かれている。

そして、なによりも印象的なことは、顔に火傷《やけど》の痕があることだろう。

土台が美人であるだけに、醜く焼けただれた肌の印象は強烈《きょうれつ》である。それゆえに山賊の大親分といった風格を放っており、気付く者は少ないが、よく見ると意外と若い。二十代の前半と思われる。

「止めてくれると思っていましたよ。パルミドさん」

ナリウスは椅子に座ったまま和やかに続ける。

「彼、邪魔です。この方がいると商談が進みません」

顔の焼けた女山賊は、顎《あご》で命じた。

「摘まみだしな」

「へい」

山賊の仲間たちが、負傷者を部屋から連れていく。

それを確認してからナリウスは、何事もなかったかのように口を開いた。

「さて、商談の再開です。そちらの売りたい商品はすべて買い取りましょう」

「ただし、ゴミ同然の値段でか」

「盗品を扱うんです。こちらだってリスクを背負っているのですよ。そこを察していただきたい」

不景気な城下町で薄利多売の店を繁盛させていたナリウス。ラクウェルが不思議に思った仕入れの秘密がこれである。

すなわち、山賊と取引をしていたわけだ。

それも安値で買い叩いて。

山賊だって生活必需品は必要である。略奪したものを売って、必要なものを買わないと生活できない。

山賊と取引できる商人というのは稀なのだ。

悪党が金を稼ぐのは難しくない。しかし、悪党が金を使うのは難しいのだ。

その意味で、ナリウスのような存在は、山賊のほうとしても貴重である。

「まったく、山賊の上前を撥《は》ねるだなんて、あたしらよりよっぽど悪党だね」

パルミドの皮肉に、ナリウスはにこやかに応じる。

「国の政治が最悪ですから、だれもかれもが犯罪に手を染めないと食っていけない。そうでしょ？」

「ふっ、もっともだ。それともう一つ、今日は面白い代物がある」

蓮っ葉な女山賊は小さな瓶を投げて寄越した。

ナリウスは瓶の蓋を取り、中身を確認する。

「これは？　ハチミツですか」

「いや、バンシーの蜜ってやつらしい」

「っ⁉　本物ですか⁉」

思わずナリウスは、手にした瓶を二度見した。

いわゆる媚薬である。死にぞこないの老人も、清楚華憐な乙女もたちまち滾《たぎ》るという、その筋では有名な品だ。

「さぁ、持ってたやつがそう言ったというだけだ。あんたが試しに舐めてみたらどうだい？」

「ご冗談を。わたしはこんなもののお世話にならなくとも十分すごいですよ」

「だろうね」

赤毛の女山賊は、肩を揺らして笑う。

「まぁ、真偽の判定はそちらでしてくれ。もし本物なら王侯貴族の連中が高く買うだろ。てめぇなら上手く売りさばけるんじゃないか？」

「……」

ナリウスは考える表情になった。

たしかに珍しい品であり、欲しがる好事家はいるだろう。しかし、買い手を見つけるのが難しい品だ。

じっくり思案したのちにナリウスは口を開く。

「わかりました。金貨十枚で買い取りましょう」

「ほぉ、あんたにしては出すわね」

「さっきの人を傷つけた迷惑料ということで色を付けさせていただきました」

別れ際、ナリウスとパルミドは握手をする。

「いい商談でした」

「あんたは商人なんてやっているのはもったいないな。こちらの世界でも十分に成功するだろうよ」

「あはは、あなたを女房としての山賊生活というのも楽しそうですがね。とはいえ、それでは他の女性に恨まれます。これでも背負っているものがいっぱいありましてね」

山賊から盗品を買い上げたナリウスは、手下たちとともに荷車を引いて王都に戻る。

※

「ちっ、どこの軍隊だ」

翌日、陽が高く昇り、王都エルバードの正門近くに差し掛かったときだ。進行を邪魔されたナリウスは舌打ちをした。

どうやら、軍事パレードをしているらしい。

当然、ヒルクライム王国の軍隊であろう。ただ、盗品を運んでいる身としては、もっとも遭いたくない足止めであった。普通の隊商として偽装しているが、どこでどんなほころびが出るかわかったものではない。

ほどなく軍隊の主将は判明した。

というよりも、自ら名乗ったのだ。

「はぁ～い、国民のみなさ～ん。この魔女姫ウェルドニーが、国境の悪いやつらを退治してあげましたわよ。さぁ、褒め称えなさ～い♪」

陽気な声を張り上げたのは、輿の上に立ち、無駄にクネクネとセクシーポーズを取っているド派手な女だった。

乳白色の肌は、蜜を塗ったようにテカテカとしている。

華やかなピンク色のストレートボブの頭髪、大きな目、細く高い鼻、肉感的な唇。化粧のばっちり決まった顔だ。

女にしては背が高い。腕、脚、首と細く長い。スレンダーな体型だが、胸は大きく突き出し、腹部は括《くび》れ、臀部《でんぶ》は張っている。

まるで人形のように作り物めいた抜群のスタイルだ。

単に生まれ持った体型というわけではなく、金と手間暇をかけないとあり得ない体型であろう。

その磨き抜かれた美貌を見せつけるように、体を覆う生地が恐ろしく少ない。ハイレグラインの角度もえぐいほどにきつい。後ろから見るとお尻は丸出しだ。

頭には黄金の髪飾り、首には黄金のネックレス、手首には黄金のブレスレット、腹部には黄金の飾りベルト、脚には黄金のアンクレット、足下はピンヒール。長い五指の先には、長い凶悪な付け爪が付けてある。

夜の商売女も恥じらう道化師のような痴女と見紛《みまが》う服装をしているが、まごうことなきヒルクライム王国の王女だ。

年齢は二十七歳。

近年、体調の思わしくない父王に代わって軍隊を率い、縦横に活躍している。

いわゆる姫将軍だ。

軍事的な才能はなくとも、若く美しい王女様が主将というだけで兵士たちの士気高揚には役に立つ。

「わらわの国民のみなさん、愛しているわ」

輿の上に立ち、尻を突き出したセクシーポーズの王女様は、沿道の庶民に向かって投げキッスを振り撒いている。

「うわぁぁぁ」

観衆は歓声をあげて自国の王女を褒め称えていた。

国民というものは、基本的に自国の王族が好きなものだ。まして、若く美しい王女である。しかも、軍隊を率いて敵を蹴散らしてきたというのなら、歓声を送らない道理がない。

「まったく、どこで遊んできたのやら」

ナリウスは、この王女様の軍事的な才能に懐疑的だった。

負けたという話はたしかに聞かないが、特に他国の軍隊を蹴散らして、敵の城を占領したとか、領土を広げたという話も聞かないからだ。

それよりも悪い噂ばかり、よく聞く。

魔法に興味があるらしく、その研究開発のために湯水のように国費を投入した。

その成果の一つが、ウェルドニーの周囲をクルクルと浮遊している魔法具らしい。

ウソか本当か、彼女が敵陣に一人歩を進めて、魔法具を発動させると、周囲に魔法光線の嵐が吹き荒れて、百人を超える兵士を薙ぎ払ったという。

彼女の命を狙おう者がいたら、ただちにその魔法具から放たれる魔法光線によって穴だらけにされることだろう。

特に三年前の王弟レンブラントの謀反を鎮圧しに行ったときには、大魔法を使用して、城ごと吹っ飛ばすという狂気の所業をやってのけた。

まさに狂乱の魔女だ。

そのうえ、どうやら、次期国王の座を狙っているらしい。

政敵である兄弟姉妹を次々に葬っているといわれている。

派手好きであり、服装に拘《こだわ》りがあるだけでなく、パーティーも連日連夜に渡って開いているそうだ。

そして、男を漁っているらしい。

(まぁ、あの性格ですからね。聖女ってことはないでしょうが……)

痴女と見紛う王女様の媚態を眺めつつナリウスは苦笑する。

(いっそ、バンシーの蜜を彼女に売りつけてみますか？　浪費家ということは金払いはいいでしょう)

そんな考えが頭を巡ったが、それはあとのこと。

とりあえず、このいつ終わるかわかったものではない王女様の軍事パレードに足止めされて、時間を空費するのは勘弁だった。

「仕方ない。裏門から帰りましょう」

ナリウスに率いられた隊商は、主要街道を外れた。

地元民ならではの裏道から、城内に入ることにする。

「店長、門番がいます」

先行していたローラが、ナリウスに注意を喚起してくる。

覗くと、たしかに目的の門には女騎士が一人立っていた。

年の頃は二十歳前後だろうか。灰褐色の髪を短く切りそろえ、左右の襟足を二房だけ長く伸ばした実直そうな女騎士である。

いささか小柄だろうか。しかし、その分俊敏そうである。クリスタルのような繊細な顔立ちをして、胸の膨らみは少ないが、それだけ鍛えられているということだろう。

青い鎧に、赤い腰覆い。太腿をさらし、黒いパンツを丸出しにしているのは、馬に跨《また》がることを想定した構造なのだろうが、ファッションでもある。兵士にとって戦装束とは死装束だ。男も女も美しくあろうと心がける。

女、それも若い女騎士の場合は、特に露出を高くする傾向があった。魔法障壁があるため、極端な話、裸でも問題ないのだ。

ぱっと見、強そうではあるが、普段、人の出入りのない裏門を守らされているのだから、年齢からいっても下っ端であろう。

「殺りますか？」

ローラが、物騒な提案をしてくる。

「いや、ここはわたしがなんとかしましょう」

そう言ってナリウスは、女騎士のもとに歩み寄っていった。

「とまれ。ここの通行は禁止されている。中に入りたければ正門を通れ」

「お勤めご苦労さまです」

警戒心もあらわな女騎士に、胡散臭《うさんくさ》い男は丁寧にお辞儀をする。

「わかっているのですが、現在、ウェルドニー姫の軍隊がパレードをしておられまして、いつ通れるかわからないのですよ」

「仕方ないであろう。規則は規則だ」

真面目そうな女騎士は、本当に真面目だったようだ。

「ごもっともな意見ですが、荷物の中には生鮮食品などもあるのです。時間が経つと腐り、都市の生活者たちの暮らし向きにかかわります」

「……。なんと言われようとダメだ」

女騎士は一瞬、躊躇《ためら》った。

それと見て取ったナリウスは、内心でほくそ笑む。

(どうやら、若いだけあって青臭い正義感があるようですね。これならなんとかなりそうです)

ナリウスは改めて申し出る。

「わたしは城内で『彩鳥堂』という店をさせてもらっている、ナリウスという者です。騎士殿のお名前を教えていただけませんか?」

「なぜわたしの名前を聞く」

女騎士の顔は、一段と厳しくなった。

「いえ、そう警戒しないでください。どうも、あなたはただものではない。剣も相当使えるようだ。きっとご出世なさるだろうな、と思ったのです。そういう方には粉をかけておきたい。先物買いは商人の性というものです」

「わたしは剣が使えるように見えるのか？」

警戒の表情を作っていた女騎士の顔が、少し嬉しそうにほころんだ。

「ええ。きっとすごいのでしょうね。どこぞの剣術大会で優勝したことがあるのではありませんか」

まったくのハッタリだ。しかし、確信はあった。

若い女の身で、騎士をしている。それもこのような寂れた門の警護を任されているくらいでは、決して上に重用されていない。

ここから導き出される結論は、田舎で武勇を認められて、都会で一旗揚げようと上京してきた女と相場が決まっている。

田舎の剣術大会で優勝するくらいの実績がなければ、親御さんが娘を手放さないだろう。

「知っているはずがない、田舎の村の剣術大会だ」

「やはり優勝したことがあるんですね。ぜひお名前を聞かせてください」

　ナリウスに強いて請われた女騎士は、しぶしぶ答えた。

「ガネットだ」

「ガネットさんですか、よいお名前です。あなたはきっと出世しますよ。未来の女将軍ですね」

　腕に覚えのある若い女騎士が、女将軍になる夢を持っていないはずがない。ガネットは表情を緩めたが、慌てて引き締めなおす。

「煽《おだ》てたってダメなものはダメだ！」

「そうおっしゃらず。ガネットさんの武勇伝をぜひ聞かせていただきたいですね。ちょうどお昼時だ。ガネットさんはパスタと肉料理、どちらがお好きですか？」

「いきなりなんだ？」

　戸惑うガネットに、ナリウスは身振り手振りを交えて大仰に語りかける。

「いや、このあたりにはちょうどパスタと肉料理の美味しい店があるのですよ。昼食をどちらで取ろうかと思いまして、ぜひガネットさんの意見を参考にしたい。パスタと肉料理、どちらがお好みですか？」

「それは……肉」

　ガネットはつい答えてしまった。そのフックをナリウスは逃さなかった。

「肉ですか？　それはいい、本当に美味しい店なんですよ。ぜひ、御馳走させてください」

「いや、別に貴様に奢ってもらう謂《いわ》れはない」

「大丈夫、将来有望な騎士さまに決してご迷惑はおかけしません。ガネットさんが留守の間は、我が隊商の者を見張りにつけておきましょう。さあ、ぜひ」

ナリウスの右腕が、ガネットの腰に回る。それはあまりにもごく自然であり、世慣れしていない若い女は振り払えなかった。

「本当に美味しい店なんですよ。ぜひガネットさんに食べていただきたい。そして、ぜひ感想を教えていただきたいな。実は店のシェフはわたしの古い友人でしてね。若い女性の好みを知りたがっているのです」

「あ、ああ、うん……」

門を通せという願いであったなら、ガネットは頑《かたく》なに断ったであろう。

無理に押し通そうとしたら、警笛でも鳴らして仲間を呼んだ。

しかし、あくまでも食事に誘われただけである。

田舎から出てきたばかりの若い女が、都会の美味しい料理店に興味を惹かれないはずがない。

「……」

ナリウスは手下たちに向かって軽くウインクをして、真面目な女騎士との昼食に向かった。

「まったく、誑《たら》し男なんだから……」

見送るローラは、頬を膨らませた。

もしラクウェルが見たら、だれですか？　と目を疑うことだろう。

ナリウスがこの年まで、結婚していないのは、ラクウェルの言うように生活力がなく、女に相手にされないからではない。

密輸業者として十分な金を持ち、その悪のカリスマでいろんな女を誑しこんでいたから、一人に絞れなかったのだ。

※

「いや～、面白いお話を聞かせていただきました」

街の名士たるナリウスは、新米の女騎士ガネットとの歓談を大いに楽しんだ。

「そんな、わたしの話など面白くなかったでしょう」

「いえいえ、ガネットさんみたいなお美しい方と食事ができて幸福な時間でした。またお付き合いください」

食事を終えたあと、ナリウスはそっとガネットの左手に金貨を握らせる。

「っ、なんの真似だ」

むっとして突き返そうとするガネットに、ナリウスは首を横に振る。

「些少ですが、楽しいお話を聞かせていただいたお礼ですよ」

ヒルクライム王国は貧しい。その騎士たちの給金も滞っているという情報をナリウスは知っていた。

下っ端ほど生活は苦しいはずだ。

ナリウスが握らせたのは食事代などというレベルではなく、一ヵ月分の食費に相当する代金だ。

「こんなものもらえません！」

「一度渡した金を引っ込めるような不作法な真似は、商人としてできませんよ。もし邪魔でしたら、捨ててください」

世慣れない女騎士は、手にした金貨をどうしていいかわからず固まってしまっている。

こうして、門番にまんまと鼻薬を利かせたナリウスは無事、盗品を街中に運び入れることに成功した。

※

「なんとまぁ、本当にウェルドニー姫に売れるとはね」

山賊から買い取った盗品の中で、もっとも貴重品で買い手を探すのに手間取るだろうと思われたバンシーの蜜。

本物ならば王侯貴族が喜んで買うだろうと、買い手を探したところ、なんと第一王女様に渡りが付いてしまった。

あれよあれよという間に、ナリウスは王女の私室にまで案内される。

もちろん、城に足を踏み入れたのは初めてだ。

ナリウスは所詮《しょせん》、盗賊と貧乏人を相手にしている下町の商人である。御用商人ではない。

それがバンシーの蜜などという珍奇な品によって、王城にある王女様の私室に足を踏み入れることになったのだ。

話題の王女との面会は、夜だった。品物が品物だけに人目をはばかったのだろう。

「こちらでございます」

気位の高そうなメイドに案内されて部屋に入ったナリウスは、呆然《ぼうぜん》と立ち尽くしてしまった。

さすがに立派な調度品で満ちている。いずれも驚くほどに高価な品だ。しかし、ナリウスが驚いたのはそんなことではない。

「ああ、王女さま、ひぃ～、ああ、ダメです。そこは、ああ……もう、もうお許しください」

「あはは、豚がなにを鳴いているのかしら？」

ビシッ！　ビシッ！　ビシッ！

「ああ、あああ、お許しを～」

男の、いや、少年の悲鳴が室内に響き渡っている。

部屋で展開されていた光景。それはナリウスをして想像を絶したものであった。

すなわち、美少年たちが大勢いた。裸で。

しかし、股間にだけは貞操帯のようなものをはめられている。

四つん這いの少年の背中に、片足をかけて鞭を振るっていたのは、あろうことかウェルドニー姫その人だったのである。

(聖女ではないとは知っていましたが、ここまでだったとはね)

呆れるナリウスの顔を、鞭を止めたウェルドニーが見る。

「あなた、バンシーの蜜を売りにきたそうね」

「はい」

ウェルドニーはパレードの最中に見せつけていた痴女と見紛う衣装のままであったが、一部違うところもあった。

すなわち、胸当てがなくなっており、白く豊満なおっぱいを丸出しにしていたのだ。

しかし、恥じらう素振りはない。ナリウスの視線など、犬猫と同じなのだろう。

「寄越しなさい」

ウェルドニーが手を差し出してきたので、御前に進み出て跪《ひざまず》いたナリウスは恭《うやうや》しく献上する。

それをひったくったウェルドニーは、小瓶を翳してしげしげと眺めた。

「これがバンシーの蜜ってやつ」

「御意」

「本物かしら？　偽物だったら、あなた宦官にしてあげるわ」

すなわち、逸物《いちもつ》を切り落とすということだろう。

「本物でございます」

ナリウスとしても、商品の確認は行った。ものは試しということで、一滴だけこっそりローラの飲み物に混ぜてみたのだ。

効果は覿面《てきめん》だった。そんな非道なことをした報いとして、ナリウスは牝猿となった女の相手を一晩付き合わされる破目となったのだ。

「ふ～ん」

小瓶の蓋を開けたウェルドニーは、澄ました顔のまま瓶を傾けた。

タチン……。

一滴落ちる。

その先には、貞操帯を身に着けた美少年の唇があった。

「っ⁉」

少年は毒でも飲んでしまったかのように目を剥く。

「……」

しばしウェルドニーは少年を観察。ナリウスも固唾を呑んで見守る。

もしなんの変化もなかったら、ナリウスが宮刑に処されるのだ。王宮、まして、王女様の私室からたった一人で逃げ出せるとは、いかに不遜なナリウスでも考えていない。

そのときには這いつくばって慈悲を乞うしかないだろう。

やがて変化があった。

「ああ、姫さま、熱い、熱いです！　体が熱い、ああ、あああ！！！」

美少年は自慰をしたかったのだろうが、貞操帯のためにできなかった。硬い革越しに逸物が圧迫されているらしく、傍目《はため》にも痛々しい。

「ほぅ……」

玩具の少年の反応を、ウェルドニーは面白そうに観察している。

やがて貞操帯の狭間から、ドロドロドロと大量の白濁液が溢《あふ》れ出した。

「あらあら、だれが出していいといったのかしら？」

「申し訳ありません……！」

ビシッ！　バシッ！　ビシッ！　バシッ！

目を輝かせたウェルドニーは実に楽しそうに、鞭で美少年の尻を幾度となく張り倒す。

そのたびに悲鳴をあげる少年は、貞操帯の狭間から大量の白濁液を垂れ流した。

涎《よだれ》を垂らし、白目を剥いている少年の射精は、やがて止まった。

いくら無限の性欲が湧くという謳い文句の媚薬とはいえ、少年の睾丸にある精液は有限だということだろう。

「ふぅ～ん、なるほど、これがバンシーの蜜。噂通り面白い代物ね。気に入ったわ。買ってあげる」

妖艶なる王女様が顎で命じると、部屋に控えていたメイドが恭しく金貨の入った袋を持ってきた。

「ありがとうございます」

代金を受け取ったナリウスがとっとと退散しようとしたときだ。

ごく無造作に瓶を口に咥《くわ》えたウェルドニーは、くいっと細い顎を上げた。

ゴクン！

乳白色の細い喉が上下する。

「……っ⁉」

まさかウェルドニーが原液を一気飲みするとは思わず、ナリウスは驚き、見入ってしまった。おかげで退出するタイミングを失う。

やがてウェルドニーはブルブルと震えて、自らの体を細く長い腕で抱きしめる。

「ああ、きたきたきたきた。うほぉぉぉぉ♪」

突如、奇声をあげたウェルドニーは、恍惚《こうこつ》とした表情を見せると、両腕を左右に広げた。

「あはっ、キター！！！　子宮にビンビン来ているわ！　こんなの初めて！　ヒャッハー！」

嬌声《きょうせい》をあげた痴女のさらされていた両の乳首は、まるで指先のように大きくビンビンに勃起《ぼっき》していた。

呆れて見ているナリウスに向かって、ウェルドニーは意味ありげな笑顔をくれる。

「あなた。こんないいものを持ってきたご褒美をあげるわ」

「……」

ナリウスは瞬きをして、自分の顔を指す。

「そうよ。特別に今宵はあなたのおちんちんを食べてあげる。寄越しなさい」

大きなベッドに腰かけたウェルドニーは、下着と呼ぶのもはばかられるような過激な股布を横にずらして濡れた陰部をさらす。

いきなり肉裂が覗く。陰毛がなかった。天然パイパンか、露出の激しすぎる衣装を好むだけに剃毛しているのかはわからないが、なんら遮るものはない。

「え、いや、わたしなんか恐れ多い……」

王女様とやれる機会などそうそうあることではない。名誉なことなのかもしれないが、どう見ても淫乱痴女のヤリマン女である。

貞操を売るようなおぞましさを感じたナリウスは辞退しようとした。しかし、顎を上げたウェルドニーは傲慢に命じる。

「遠慮は無用よ。早くしなさい」

「ここには姫様の寵愛する方々がたくさんいらっしゃいますが……」

冷や汗というか、嫌な汗を全身から掻きながらナリウスは、室内の哀れな美少年たちを見る。

「そいつらはダメ。ちんちん小さいの。この熱い疼《うず》きを鎮めるには、太くて大きな大人のちんぽが必要だわ。早くしなさい。死にたいの」

こう言われては逃げられない。

「わかりました。ご奉仕させていただきます」

生命の危機にさらされたナリウスは、慌ててズボンの中から逸物を取り出す。

それを見てウェルドニーは、オレンジ色の目を輝かせる。

「おほぉ♪　なかなかよいものを持っているわね。うふふ、たまには下賤の者のちんぽをつまみ食いするのも悪くないわね。さぁ、いらっしゃい。死にたくなかったら、早くその無駄に大きなおちんぽでわらわのオ◯ンコをかき混ぜなさい」

ウェルドニーは両脚を揃え、膝を豪快に開いた姿勢で、右手の人差し指と中指でパイパンの陰唇をくぱぁっと開いてみせた。

（くっ、ヤリマンなのに、綺麗なオ◯ンコしていますね）

ヌラヌラと濡れ光る蜜に誘われる蜂のように、ナリウスはいきり立つ逸物を持って近づく。

「ほ、本当によろしいのですね」

「ああ、わらわがやれと言っておる。おお、子宮が熱くて死にそう……。早くズボズボしなさい。ああ、クリトリスがビンビンになっている。こんなに大きくなるだなんて、あは、まるで小さなおちんちんみたいになってしまっている。すごいわ、この媚薬。効きすぎ。ほら、なにをもたもたしているの、いまわらわは最高におちんちんを食べたい状態なの。このタイミングを逃したら、あなたのちんぽを切り落とすわよ」

媚薬を飲んで悶絶する王女をまえに、ナリウスは内心で溜息をつく。

(この調子では、このお姫様が食べたちんぽの数は、十や二十ではないだろう。百本ぐらい食べていそうですね)

その他大勢の男の一人にされるなど、男としての矜持《きょうじ》が傷つかないでもない。

とはいえ、ここで断ったら生きては帰れないだろう。

(仕方ない。この様子では、余計な前戯も必要ないでしょう)

覚悟を決めたナリウスは、お姫様の左右の足首を持つと、肉感的な両脚をV字に開き、逸物の切っ先を濡れた亀裂へとあてがった。

そして、ズボリと根元まで押し込む。

「うほ、なんというデカマラ。ちんぽの良しあしに、身分は関係ないわね」

「それは……ありがとうございます」

いかにヤリマン女とはいえ、いや、ヤリマン女なればこそこなれているということなのだろうか。

驚くほどにふわふわで柔らかい膣洞であった。

（くっ、美貌のお姫様は、オ◯ンコの中まで手入れが行き届いているということですか）

入れただけで射精したくなる、この世のものとは思えぬ名器だ。

しかし、挿入直後に射精したのでは、男としての沽券《こけん》にかかわる。いや、庶民の男全体の名誉にかかわることかもしれない。

そんな変な使命感に囚われたナリウスは、ぐっと射精欲求に耐えた。

「なにをしておる。早く、ズボズボさせなさい！　なんのために下賤ちんぽを選んだと思っているの！　猿のようにガンガンと腰を振るわせるためよ！」

「……御意」

発情したお姫様は自らも下からガンガンと腰を突き上げてくる。それに翻弄《ほんろう》されながらもナリウスは腰を引き、そして、抜け切るまえに再び押し込む。

ズドン！

亀頭部が子宮口を打ち据える。

「うほっ！」

肉感的な唇を大きく開いたウェルドニーは、涎を噴いた。

（よし、お姫様といえども女ですね）

自信を持ったナリウスは、いわゆる種付けプレスと呼ばれる体位で、思いっきり腰を上下させてやった。

「もっと、激しく、もっと、もっと、もっと」

自ら腰を使う痴女に煽られて、ナリウスもまためいっぱい早く、そして、力強く腰を叩きこんだ。

パンッ！　パンッ！　パンッ！

下から突き上げられる女の恥骨と、上から突き下ろされる男の恥骨が激しく打ち据えられた。

黄金のアンクレットの巻かれた両足が、天井に突き出されて痙攣《けいれん》している。

「うほ、子宮が揺れる。初めてなのに、もうわらわの弱点を責めてくるとは、あなた、慣れているわね。わらわの目に狂いはなかった。あなた、相当な好き者でしょう。いろいろな女を食い散らかしておるヤリチン男」

「まさか……薬のせいですよ」

ウェルドニーの戯言《ざれごと》に取り合わず、ナリウスは目の前の女を絶頂させることに集中する。

乳房を揉み、シコリたつ乳首を咥えて吸いながら、女の腰に合わせて、荒々しく腰を振り続ける。

「ああ、わらわが、もうイクだなんて、ああ、ああ、ああ」

性に慣れた女はイカせやすい。ウェルドニーはたちまち絶頂した。しかし、痴女の淫らな腰が止まっても、ナリウスは構わず腰を使い続ける。

「ひぃ、イク、イク、イク、また、イク、ちゅごい、止まらない、ひぃ、ひぃ、ひぃ」

いかに妖艶なる美貌を誇ろうと、セックスの最中は表情をとりつくろえないのだろう。ましてや、薬をキメてしまっている。連続絶頂を繰り返したウェルドニーは、理性が飛んでしまい、見るに堪えないアヘ顔になってしまった。

「下賤の者のおちんぽちゅごい、こんなの初めてぇぇぇ」

淫乱王女は連続で絶頂を繰り返し、六度目の絶頂を迎えたのに合わせて、ナリウスもまた膣内射精をしてやった。

ドクンッ！　ドクンッ！　ドクンッ！

「うほほほほほぉぉぉぉ！！！」

次期国王を目指す王女様が、背中を弓なりに反らせて、顎を上げ、大口を開け、鼻の穴を思いっきり広げながら絶頂してしまった。

さらには男女の結合部の少しまえから、勢いよく温水が噴き出す。

ブシュ――――ッ
噴き出した潮は、そのままアへ顔をさらしている王女様の顔にかかってしまった。

「ふぅ～……」

なんとか満足させることができましたか……。

安堵したナリウスは、王女様の体内から役目を終えた逸物を抜いて、帰り支度を整える。

周りにはウェルドニーの玩具である美少年たちが、貞操帯に包まれた逸物をかきむしりながら悶絶していた。

彼らの高貴なる女主人は、中央にある寝台の上で大股開きのまま惚《ほう》けている。

大きな胸を上下させ、肛門をヒクヒクと痙攣させながら、膣孔からは白濁液を大量に噴出させていた。

(初対面の男にいきなりやらせるとか、どれだけヤリマンなんでしょうね、このお姫様。こんなのが次期国王候補の筆頭とか。本当に腐っていますね、この国)

腐りきった王家の闇を生で見たナリウスは、何事もなかったかのように高慢な顔をしているメイドに案内されながら退出する。

「また、バンシーの蜜が手に入りましたら、お届けに参ります。失礼いたします」

魔窟を辞去するにあたって、ナリウスは丁寧にお辞儀をした。

第二章　復讐に生きる女

「ん、なんの騒ぎです？」

ヒルクライム王国は、隣国との関係が悪く、貴族たちの謀反も頻発している。敗残兵や四散した農民が山野に逃げ込んでいるから、山賊もいたるところにいた。

当然、国中の景気は悪く、殺伐とした空気に包まれているが、王都エルバードはそれなりに活気がある。地方の食えない者が職を求めてやってきているからだ。

下町の安売りショップ『彩鳥堂』の主人ナリウスは、商人組合の寄り合いに顔を出した帰りに、街の大通りでなにやら人だかりができているのを見かける。

（また公開処刑かな？）

それなら見ても気分のいいものではないので、無視して通り過ぎるに限る。しかし、いつもと少し違う気配を感じて、野次馬根性を出す。

覗くと、ピンク色のストレートボブに、生地が少なすぎて、まともな神経では着れない衣装に身を包んだ女が、気取ったモデル立ちをしていた。

（ウェルドニー王女か……）

派手好き、宴会好き、男好き、戦争好き、この世の快楽を楽しみつくし、人生をエンジヨイしている女だ。

　そんな魔性の王女に向かって、キャンキャンと子犬のように吠えている女がいる。

「この市《いち》を解体するとはどういうことですか？　ここがなくなっては大勢の人の生活に支障が出ます」

　白いブラウスに青い肩章を付け、紺色のロングスカートという王立学校の制服を着た、菫色の長い髪の、十代後半の少女だ。

「あれはラクウェルのお嬢ちゃんか」

　下町の希望の星ともいうべき少女が、よりにもよって狂乱の王女に食って掛かっているのである。ナリウスの表情が険しくなった。

「名もなき庶民に説明する義務が、わらわにあるのかしら？」

　夜の商売女も逃げ出すような派手で煽情的な装いの王女様は、大儀そうに小首を傾《かし》げてみせる。

　ラクウェルはひるまずに応じた。

「わたしは王立学院に席を置くラクウェルと申します。来年には必ず最上級試験に受かり、国家のためにこの身を捧げようと考えております。しかるに今、この市を失っては、庶民の生活が苦しくなるは必定。国庫にも支障を来すことは目に見えております。このことを国王陛下はご承知なのでしょうか？」

口元に右手の甲をあてがったウェルドニーは、のけ反るようにして高笑いをする。

「あはは、学生風情がわらわに向かって天下国家を語る、まして、父上の意向を知ろうだなんて、増上慢も甚だしいですわね。でもいいわ。わらわは寛大だから教えてあげる。ここは、わらわがアトリエを作るために必要なの。わかる？」

「そんな、あなたさまはすでに国庫を傾けるほどの魔法研究所をお持ちではありませんか。さらに拡大しようなど、分不相応です。国が潰れますよ」

「お金なんて刷ればいくらでもあるでしょ？」

もう飽きてきたらしいウェルドニーの面倒臭げな返答に、ラクウェルの全身がわなわなと震える。

「っ⁉　王女たる方がなんという不見識なことを申されるのですか。第一、あなたさまはもっと王女としての自覚を持つべきです。城下町はあなたさまの箱庭ではありません！　国軍とはあなたさまの私兵ではありません！　税金もまたあなたさまの私財ではありません！　王族だからといってなにをしていいというものではありません！　だいたいなんですか、その恰好は！　国民の模範とならねばならない王族だというのに、恥を知ってください！」

堂々たる正論だ。しかし、ウェルドニーはまるで面白い動物でも見つけたといった表情で見下ろしている。

「なにをやっているんだ……」

ナリウスは青ざめた。諫言《かんげん》なんてものは、聞き入れる者に度量がなければ意味をなさないどころか、自分の命が消える。

この程度の理屈、子供でもわかろうというものだ。

しかし、どうやら、頭でっかちの少女には、子供以下の分別しかなかったらしい。

「まぁ、なにやら煩《うるさ》い雑音が聞こえますわね」

唄うように両手を広げたウェルドニーは、明後日の方角を見る。

彼女にとって、ラクウェルは取るに足らない小石ということだろう。

「あ～ら、魔法具の不具合かしら？」

長い付け爪の付いた指先で、軽く頬を押さえたウェルドニーの赤い唇の端が、ニーッと悪魔的に吊り上がった。次の瞬間、肩の上を浮遊していた魔法具が発動する。

ブシュー―ッ！

白線が一閃して、あたりに濛々《もうもう》たる水蒸気が上がる。

騒然とする野次馬たちの中で、ウェルドニーはわざとらしく眉をひそめた。

「うふふ、この子ったら勝手に、まだまだ改良が必要ね。そのためにも新しいアトリエは必要だわ……あら？」

煙が風に流されたあとには、小娘の変わり果てた残骸が転がっていると思ったのだろう。

しかし、そうではなかったことに、ウェルドニーはわざとらしく目を剥く。

ラクウェルを守るようにして、短剣を構えた男が跪いていたのだ。

「……っ！」

ナリウスの腕の中で、ラクウェルもまた驚愕《きょうがく》に息を呑んでいた。

なにが起こったかは、この構図を見れば明らかだ。

すなわち、突如乱入した男が魔法剣で、狂気の魔王女自慢の魔法具の放った熱線を弾き飛ばしたのだ。

左腕でラクウェルを抱えて、右手で逆手に持った魔法剣を構えながら、頬から冷や汗を流すナリウスは訴える。

「失礼。ものを知らない小娘でして。こちらでよく叱っておきますから、今日のところは寛大な御心をお示しになり、お慈悲を賜れないでしょうか？」

不快げな表情を隠そうともせずウェルドニーは、長い睫毛《まつげ》に縁取られた三白眼で見下ろしてくる。

「おまえはどこかで会ったわね」

連日連夜、乱交パーティーをしていそうな女だ。一度気まぐれにやっただけ、それも薬でラリっていた状態でやった男など、覚えていないのも無理はない。

「覚えていていただき恐悦至極にございます。わたくしはしがない商人にて、先日……」

ナリウスの口上を、ウェルドニーは遮った。

「まぁ、いいわ。わらわに逆らうとはよい度胸だわね」

自分に酔い諂うような声をあげながら、魔王女は長い両腕を孔雀のように広げた。

「わらわに逆らうということは、国家に逆らうということ。わらわを侮辱するということは、国家を侮辱すること。その非礼を身をもって償いなさい」

宣言と同時に周囲に浮遊していた魔法具から、熱線がスプリンクラーのように噴き出した。

「キャッ！」

これには見物していた大衆まで巻き込まれる。まさに無差別攻撃だ。

「くっ」

ナリウスの愛用していた魔法の短剣は、市場に出回ればちょっとした城が買えるほどの一品であった。

しかし、みるみるうちに魔法防衛能力が失われていくのがわかる。

「ナリウスさん……！」

拡散ビームの嵐の中、ラクウェルが悲鳴をあげる。

「逃げますよ」

議論してどうこうなる相手ではなかったのだ。それとわかっていたはずなのに、無駄なことをした。

　幸い王女様の暴走により、あたりは阿鼻叫喚の大混乱だ。それに紛れて逃げることにする。

「追いなさい！」

　不快な鼠が逃げ出したことに気付いたウェルドニーは、取り巻きの者たちに命じる。

　どうやらウェルドニー本人は、汗水垂らして走る気はないようだ。それは不幸中の幸いだろう。

　脇道に飛び込んだところで、ナリウスは振り向きざまに追ってきた騎士の首を掻き斬る。

「ぐぁぁ……」

　血飛沫を上げて絶命した男の遺体に背を向けて、ナリウスは苦虫を噛みつぶしたような表情を浮かべていた。

（しまった。これで密輸業者から本物の犯罪者だ）

　どんな国でも役人殺しの罪は重い。

　ナリウスは山賊と取引をし、密輸をし、それを糊塗するために賄賂を使ってきた。もちろん、人を殺したこともある。つまり、悪人だという自覚はあった。しかし、摘発されなければ犯罪者ではない。王都の城下で店を開き、貧しい下町の者たちに安いものを売り、有徳者として大手を振るい、結婚はせず、気に入った女たちを愛人として囲う富裕者としての生活を楽しんできた。

しかし、今度の浅はかな振舞いで、すべてがご破算だ。

(ちくしょう。魔が差した)

騎士殺しの罪を犯した者は、あわあわしている小娘の手を取って裏路地を走り抜ける。

謂れなき罪を着せられて、いや、権力者の気まぐれで、庶民が処刑されるなど珍しいことではない。

まして、ラクウェルがやったことは立派な不敬罪だ。

普段のナリウスであったら、こんなバカな小娘のことなど、一瞥《いちべつ》して忘れたことだろう。

しかし、幼少のときから見知っている少女ということで見捨てられなかったのだ。

(くっ、わたしもまだまだ甘い。いや、青いか)

最低な気分で走るナリウスに、必死についてきたラクウェルが質問する。

「これからどうするんですか?」

てめぇのせいで居場所がなくなったんだ。と怒鳴りそうになって、軽く頭を冷やす。

(決断したのはわたしだ。自分の居場所は自分で切り開く。これまでそうやって生きてきたじゃないか。これからもそうするまでだ)

覚悟を決めたナリウスは、必死に紳士を演じながら口を開く。

「街中にとどまってはダメです。いったん、外に出ましょう」

もはや店には帰れない。

ナリウスは自分がそこそこの有名人だという自覚がある。ウェルドニーが鳥頭だったとしても、あの野次馬の中には、『彩鳥堂』の主人と名前を知っている者が大勢いただろう。

とにかく追っ手を撒く。すべてはそれからだ。

適当な財産を持って外国に逃げてもいいし、偽名を使って街に戻るのもありだ。

とはいえ、いずれもほとぼりが冷めてからの話である。

幸い、土地勘はあるのだから、道に迷うことはない。

正門はダメだ。すでに追っ手がいっていると考えるべきだろう。となれば城壁の外に出る道は一つだ。

裏門に向かう。そこには女騎士が、真面目な顔で門番をしていた。

(よし、ついている。ガネットが当番だ)

自分が鼻薬を利かせている女騎士を見て、ナリウスは幸運を天に感謝した。

市街での騒動を知らぬガネットは、先日、昼食を共に取った商人の姿を見て頬をぽっと染める。

「これはナリウス殿。今日はいかがされたのですか？」

ナリウスはとっさに両手で、ガネットの両肩を抱いた。

「これはガネットさん。本日もここを通りたいのですがよろしいですか？」

「あ、はい。ナリウスさんならどうぞ、喜んで」

一度許可してしまっているのだ。心の抵抗が緩いのだろう。勢いに押されてガネットは頷いてしまった。

「助かります。ついでにあなたの馬を譲っていただきたい」

ナリウスは持参していた金貨を、ガネットの手に握らせる。

「え、こんなに⁉　わ、わたしの馬でよろしければどうぞ」

「ありがとう」

恋する乙女には爽やかに見える笑みを浮かべたナリウスは、近くに留めてあった馬に颯爽と飛び乗る。そして、鞍のまえにラクウェルを乗せた。

ガネットの目には、ラクウェルの存在はまったく映っていないようだ。

「あ、あの……ナリウス殿、また食事に……」

「ええ、いいですね。しかし、今日のところは急ぎますので、失礼します」

モジモジと内股になって申し出るガネットの提案をすげなく断ったナリウスは、大急ぎで門を通り過ぎた。

馬の鞍のまえに乗せられていたラクウェルは、頬を膨らませる。

「なんなんですか、あの騎士？　門番としての職責をぜんぜん果たせてないじゃないですか？　まったくこの国は、王女から騎士の果てまでたるみ切っています」

「あはは、でも、助かったでしょ」

義憤に燃えるラクウェルを他所《よそ》に、ナリウスは馬を駆けさせた。

※

「さて、ひとまず、難は逃れましたね」

王都を抜け出したナリウスとラクウェルは、人目を避けて主要街道から外れた旧街道にあった小屋にて一休みすることにした。

偶然ではない。

密輸などをしている関係上、人目を忍ぶことはあり、そのとき利用していた隠れ家の一つだ。

「はぁ、はぁ、はぁ……ありがとうございます……ひっ」

ボロ屋に入り一息つこうとしたラクウェルは、直後に表情を険しくしたナリウスに抱き寄せられた。

「あ、あの助けてもらったのはありがたく、すっごく感謝しているんですけど、いきなりこういうのは、やっぱりまだ早いといいますか、いや、決してナリウスさんが嫌いというわけではないんですよ。でも、こういうことはちゃんっと結婚してからじゃないと天国のお父さんやお母さんが泣くというか……」

男の腕の中で、頬を染めたラクウェルはグダグダと言い訳をしていたが、一向に事は進まない。ややあって、不審そうに顔を上げる。

「あの……どうしたんですか？」

「お礼を言われるのは早かったようです」

外を窺《うかが》うナリウスの様子から、ラクウェルは事情を察したようだ。

「追っ手ですか？」

「いや、違いますね。山賊のようです」

ヒルクライム王国は、治安の悪さにかけては定評がある。すなわち、人目の少ない裏街道というのは、山賊のメインストリートということだ。

「山賊ですか？」

一難去ってまた一難である。ラクウェルはなんとも情けない声を出す。

彼女を不安にさせても意味はないので、ナリウスは慎重に答える。

「やり過ごせればいいのですが……」

ダメだった。

小屋の外に止めていた馬を見つけられてしまったのである。

ガラの悪い男が六人。痩せている。逃散《ちょうさん》した農民崩れといったところだろう。腕が立つようには見えない。

（やるか？）

数が違うとはいえ、奇襲で一人殺せば、機先を制することはできるだろう。

（いや、ラクウェルお嬢ちゃんを狙われたらしまいか）

ラクウェルは頭はいいだろうが、こと武芸にかんしては子供に負けるレベルだ。

覚悟を決めたナリウスは小屋を出て、山賊たちのまえに立ち塞がる。

「っ」

家捜しをしようとした直前、獲物のほうから堂々と出てこられるとは予想していなかったようで、山賊たちは驚いた顔を見合わせる。

しかし、相手が二人とみて侮ったようだ。

「身なりはいいな。どこぞの商人の坊ちゃんが、奉公人の娘と駆け落ちでもしてきたか？」

「まさか、駆け落ちって年じゃねぇだろ」

ゲラゲラと下品な笑いがあがる。

ラクウェルはむっとした顔で口を開こうとしたが、それをナリウスは止めた。

この娘に口を開かれては、絶対に事がこじれる。

ナリウスは、意図的に上から目線で口を開いた。

「わたしは『彩鳥堂』のナリウスと申す者です。パルミドさんとは懇意にさせてもらっている。案内してもらえないでしょうか？」

「パルミドだぁ？　……パルミド姐さんの知り合いみたいだぜ。……どうする？」

強気だった山賊たちは、途端に困惑顔で相談を始めた。

このような下っ端の山賊たちにも、パルミドの名前は重いらしい。

ナリウスは内心で安堵しながら、なお傲慢に命じる。この手のやつらには上から命じたほうが効果的だと判断したのだ。

「案内を頼む」

「わ、わかった。ついてこい」

国の法から飛び出した者たちでも、いや、弱肉強食の世界に生きる者であればあるほどに、裏の世界の上下関係は絶対なのだろう。

山賊たちは徒歩で、その後ろに馬に跨がったナリウスとラクウェルが続くのだから、まるで先導させるかのようなありさまだ。

困惑したラクウェルが小さな声で質問してくる。

「パルミドって、『顔の焼けた女山賊』のパルミドですよね。ナリウスさん、知り合いなんですか？」

「ええ、まぁ少し」

「顔の焼けた女山賊パルミドといったら、この一帯を仕切っている滅茶苦茶凶悪な大山賊じゃないですか!?　な、なんでそんな悪い人と知り合いなんですか？」

頓狂な声をあげるラクウェルを、ナリウスは宥める。

「とにかく、いまはわたしに任せてください」

「は、はい」

山賊たち、さらにこれから出会うパルミドに怯《おび》えながらも、いまさら行くところのないラクウェルはナリウスにぴったりとついてくる。

一行は山奥に分け入り、やがて砦のようなものが見えてきた。

山賊たちのアジトであろう。

下っ端山賊たちは、門番に事情を告げる。

持つほどもなく、ナリウスは砦の中に招き入れられた。

※

「久しいな。というほどの時も流れていないか?」

十人ほどの男が左右に立ち、最奥《さいおう》の王座のような椅子に、白虎の毛皮を敷き、その上に黒い革の胸当てとパンツ、腰巻を羽織った堂々たる女丈夫が脚を組んで座っていた。

逞しい左腕を肘置きに乗せて、頬杖を突いている。

ヒルクライム王国に巣くう最大の山賊団の頭『顔の焼けた女山賊』パルミドだ。

「ひぃぃぃぃ」

その圧倒的な悪の迫力に、ラクウェルは悲鳴を呑み込み、ナリウスの後ろに隠れる。

王女様に見境なく食って掛かった娘なのだが、山賊は怖いらしい。

「ちょっとしたトラブルがありまして」

「なにやらバカ王女と揉めたそうだね」

「さすがに耳が早いですね」

ナリウスは肩を竦める。

パルミドは面白そうに目を眇《すが》めた。

「おまえの胆力にはかねてから一目を置いていた。あたしらの仲間になるというのなら歓迎するよ」

ナリウスは苦笑して、頭を左右に振った。

「山賊ですか。一つ質問なのですが、山賊生活って楽しいですか？」

「……」

凶悪な面をした女山賊が、言葉に詰まる。

ナリウスはさらに言葉を続けた。

「こんな山奥のしょぼい砦に隠れて、民衆に忌み嫌われ、商人にぼったくられて、討伐軍に怯えて生きていく。そんな生活、魅力的ですかね」

「ちょ、ちょっとナリウスさ〜ん」

明らかに挑発しているナリウスの言動に、ラクウェルは怯えた声を出す。

「わたしは正直、ごめんですね」

「あたしらの仲間になるつもりがないのなら、なにをしにここにきた」

客人の不遜な態度に、顔に火傷を持つ女主人は瞳に殺気を灯す。

「そこで提案なのですが、わたしに山賊団の頭目の座を譲りませんか。みなさん、いまよりいい生活をさせてあげますよ」

ぬけぬけとナリウスは、パルミドとその場にいた山賊の幹部と思《おぼ》しき男たちに訴える。

「っ⁉」

当初は意表を突かれて戸惑った顔をした山賊たちに、時間とともに怒気が湧いてくる。

白虎の毛皮を敷いた椅子に座っていたパルミドは、のけ反るように笑った。

「あはは、面白い冗談を言う」

「冗談でこんなことを言いませんよ。あなたの器では先が見えています。わたしにすべて任せたほうがいい」

「どうやら、自殺しにきたらしいな」

大きな戦斧をこれ見よがしに持って立ち上がったパルミドは、ゆっくりとナリウスに歩み寄る。

「ちょっと、ナリウスさん、謝りましょう。謝れば許してくれますよ」

ラクウェルは必死に、保護者に翻意を促す。それからまるで親が子供のために、先生に謝るように必死に頭を下げる。

「すいません。ナリウスさんは、突然の環境変化に戸惑っているんです。ごめんなさい。代わりに謝ります。だから許してください」

「……」

ナリウスとパルミドの視線が正対する。そして、ナリウスが笑った。

「あなたにわたしが殺せますかね」

「バカが。もう少し賢い男だと思ったんだがな」

凶悪で知られた女山賊は無造作に、その評判通りに戦斧を振り下ろした。

ブンッ……ドスッ！

唸りをあげて振り下ろされた戦斧は、ナリウスの頭には入らず、そのまま床にめり込んだ。

次の瞬間、ナリウスは、パルミドの背後に回りこんでおり、左手で腹部を抱き寄せ、右手で持った短刀を首筋に添えていた。

「貴様っ⁉」

パルミドは驚愕し、周囲でニタニタと見守っていた山賊の幹部たちも絶句する。

「姫様っ⁉」

山賊の中でも老人の男が、飛び出そうとした。それをナリウスが一喝してとどめる。

「おっと動くなよ！」

短剣の切っ先が、パルミドの首筋に刺さり、一滴の赤い血が流れる。

「妙な動きをしたら、おまえらの大事な〝お姫様〟の首が飛ぶぞ」

「くっ」

山賊たちの幹部と思しき男たちは、呻《うめ》き声を出すだけで動くに動けなくなってしまった。

さらにナリウスは、呆然としているラクウェルを呼ぶ。

「ラクウェルさん、こっちに来なさい」

「はっ、はい」

自分が山賊たちの人質に取られるという危険性を悟ったのだろう。ラクウェルは慌てて、ナリウスとパルミドの傍に駆け寄る。

その間に、ナリウスは素早く、パルミドの纏《まと》っていた白虎の毛皮の腰覆いで、彼女の両腕を頭上に縛り上げた。

「油断しましたね。わたしにも少しばかり武芸の心得はあるのですよ。『顔の焼けた女山賊』パルミド。いや、王弟レンブラントの息女『アスターシア殿下』とお呼びすべきですか？」

「っ!?」

場の空気が変わった。

周りにいた山賊の幹部たちも目を剥く。

「どうしてその名をっ!?」

「わたしは商人ですからね。情報は命です。取引相手のことは調べさせてもらっていますよ」

驚嘆の声をあげたのはラクウェルだ。

「え、ええ、王弟姫アスターシア……ってあの謀反人の、でも、死んだって」

「それが生きていたんですね。ヒルクライム王国の王弟レンブラントの娘アスターシア。幼少期から武芸に優れて姫騎士として活躍。しかし、三年前にウェルドニーから謀反の罪を誣告《ぶこく》され一族もろともに滅ぼされた」

「……」

歯噛みするパルミドの頬の火傷を、ナリウスは撫でる。

「新型の魔法火薬フレイムを使ったウェルドニーの魔法で城ごと焼かれたんですよね。この顔の火傷を消さずに残しているのは、そのときの戒めといったところでしょう」

魔法で消せない傷はない。それなのにわざわざ残しているということは意味がある。

まして、若い女が顔の火傷を残しておくというのはよっぽどのことだ。

パルミドは呻くように答えた。

「そうだ。我が父、我が一族、我が郎党。その仇であるヒルクライム王国、そして、ウェルドニーの下種女《げすおんな》を殺すために、あたしらは山賊に身をやつしている」

「それがあなたたちの限界ですよ。素直にわたしに従いなさい」

「殺せ……」

　誇り高い王弟姫の決意に、ナリウスは苦笑する。

「あんたを殺したんじゃ、あなたの部下たちが死に物狂いで復讐してくる。それこそわたしたちは生きて帰れませんよ」

「当然だ。このような舐めた真似をした以上、簡単に死ねるとは思うなよ」

　山賊の幹部の中でも頭だった者。おそらく王弟の家臣でそれなりの地位にあったであろう老人が怒声を浴びせてくる。

「わたしはね。山賊なんてやる気はこれっぽっちもない。しかしヒルクライム王国がある以上、真っ当な生活ができないなら、ヒルクライム王国を滅ぼすしかないでしょう？　そのためには力がいる。あなたと、あなたに忠誠を誓っている騎士崩れの連中の戦力は、魅力だ。あなたにはぜひわたしの協力をしてもらいたい。悪い取引ではないでしょ？　あなたたちのお望み通り、ヒルクライム王国を滅ぼし、ウェルドニーの身柄をあげますよ。煮るなり焼くなり好きにするといい」

「ふざけるな。そんな簡単にいくはずがなかろう！」

　山賊の幹部が叫ぶ。

「あなたたちにはできないというだけだ。わたしにならできる」

「……」

ナリウスに自信満々に言い切られた山賊の幹部は、酢を飲んだような顔になる。

喉元に刃を突き付けられたままパルミドが口を開いた。

「イヤだと言ったら？」

「誓わせるまでです」

短刀が下に降りたかと思うと、パルミドの黒革の胸当ての左右のカップの中央を切った。

プツン……。

内圧に負けて白い乳房が二つ、弾けるように飛び出した。なかなかの爆乳である。

あのウェルドニーにも負けない大きさだ。

「っ⁉」

「姫様になんてことをっ⁉」

激高する騎士崩れの山賊たちに、ナリウスは一喝する。

「だから動くな。それ以上、一歩でも近づいてみろ。このかわいらしい乳首を切り落とすぞ」

「ぐぐぐ、なんという悪辣な男だ……」

血管が切れそうになっている山賊たちの見守る中で、ナリウスは左手でパルミドの白い乳房を鷲掴みにする。

そして、見学人に見せつけるように豪快に揉んだ。

「乳房には火傷がないようでよかった。綺麗なおっぱいじゃないですか」

「くっ」

屈辱に呻く女の乳房を容赦なく揉み遊んでいたナリウスは、さらに乳首を摘まんで扱《しご》きだした。

すると、本人の意思とは関係なく、肉体の反射から大粒の乳首がツンとシコリたってしまう。

「特にこの乳首なんて綺麗なピンク色で、まるで処女みたいですね」

「……」

「あれ、もしかして本当に処女だったりします？」

あたりの微妙な空気を察して、ナリウスは驚いた顔になる。そして、事情を察して爆笑した。

「あはは、国中を震え上がらせている『顔の焼けた女山賊』が男を知らない生娘だなんて驚いた。これは大ニュースですよ。国中がひっくり返ります。あはは」

かぁぁぁぁぁと擬音が聞こえてきそうな勢いで、パルミドは顔を真っ赤にする。

「でもまぁ、それも今日までです。いまから犯してあげますからね」

「……」

目を剥く山賊たちの中で、傍らのラクウェルがおろおろと口を開く。

「ちょ、ちょっと、ナリウスさん、冗談ですよね」

「本気ですよ。この女を屈伏させないと、わたしたちには生きる道がないのです。まぁ、見ていてください。女を屈伏させるには、犯しちまうのが一番手っ取り早いですからね」

「っ⁉」

信じられない台詞《せりふ》を聞いたと絶句するラクウェルに代わって、動くに動けないパルミドが血を吐くように口を開く。

「女が犯されたぐらいでいいなりになると思うのならやってみるといい」

「ほぉ～、さすがお姫様育ちとはいえ、山賊の頭を張っていただけあっていい度胸ですね」

左手で白い乳房を揉みながら、右手の短刀を下ろしたナリウスは、パルミドの黒い革のパンツの右の腰紐の中に刃を入れると、ブツリと切った。

ハラリ
布切れが床に落ちる。

赤い陰毛に覆われた恥丘があらわとなった。

「姫様にたいしてなんということをっ」

堪えかねた騎士崩れの山賊が突っ込んでこようとするが、それをナリウスが再び一喝する。

「だから、近づくなと言ったろ！　てめぇらの大事な姫様のオ〇ンコが十文字に裂けることになってもいいのか！」

「くっ」

血の涙を流すように立ち尽くす山賊をまえに、ナリウスは短刀をラクウェルに渡す。

「少し持っていてください」

「あ、はい」

反射的に短刀を両手で受け取ってしまったラクウェルは、部屋中で殺気立った山賊の視線に射抜かれて震える。

「え、えーと、近寄ったら、さ、刺しますからね」

自分とナリウスの身を守るのはこの短刀一本だと考えたラクウェルは、必死に虚勢を張ったが、声の怯えを隠せていない。

しかし、山賊たちは動かなかった。いや、動けなかったのだ。

この危険極まりない男が、あっさりと武器を手放したということは、素手でも簡単にパルミドを殺害できると宣言したに等しい。

実際、半裸の女を、素手の男が殺すことは難しくないだろう。

「わたしとしても、本当はこういうことはやりたくないんですけどね。人生とは本当にままならぬものです。大人になるということは、やりたくない仕事でもやらなくてはならないものなのですよ」

もっともらしい屁理屈を言いながらナリウスは左手でパルミドの左の乳房を揉み、さらに右手をパルミドの股間に入れた。

そして、赤い陰毛越しに肉裂を中指と人差し指と薬指で塞ぐと、前後に動かす。

「くっ」

屈辱に顔を赤くしながら、パルミドは奥歯を噛みしめる。

ほどなくして、クチュクチュクチュという粘着質な水音が室内に響き渡り始めた。

「恥じ入ることはありません。オ◯ンコを弄《いじ》られて濡れない女はいませんからね。しかし、自分に忠誠を誓ってくれている男たちのまえで、痴態をさらすのは屈辱でしょ。早くわたしの女になると誓ったほうが、楽になれますよ」

「な、舐めるな」

「なるほど、舐めてほしいと」

ナリウスは左手で、パルミドの左の乳房を持ち上げると、左肩の上から頭を下ろしてピンク色の乳首をペロリと舐めた。

「ああん」

すでに勃起していた乳首が、男の舌でレロレロと舐められる。

どんなに気高く振舞おうとしても、肉体の反射からは逃れることはできない。

快感に悶える女の乳首から口を離したナリウスは、悔し涙を流している山賊たちを見る。

「いい女ですよね。あなたたちはこんないい女を指を咥えて見ていたんですか？　花の命は短いんですよ。復讐に生きるなんて寂しいことを言っている女に、女の喜びというのを教えてやるのが、傍にいて守ってやる男の務めというものでしょうに」

好き勝手なことを言いながらナリウスは、パルミドの包茎クリトリスを摘まんだ。

「あ、そ、そこは……ダメ、痺《しび》れるぅぅぅ」

身もだえる女の陰核《いんかく》を、ナリウスはシコシコと扱く。

「どうやら、復讐にかまけるあまり満足にオナニーもしていないようですね。あんた、自分でここを触ったことないんじゃありませんか？　まったく、なにからなにまで従姉とは正反対ですね」

「あんな淫乱女と一緒にするな！　ああん」

強気の言葉とは裏腹に、クリトリスを勃起させてしまったパルミドは、涎を噴いてしまった。

「なるほど、オナニーもしなかったのは、従姉への反発ですか。ですが、淫乱な血はあなたにも流れているようですよ、ほら」

「ああ、そこ……らめぇぇぇ」

執拗《しつよう》にクリトリスを弄られたパルミドは、口をだらしなく歪め、股間から滝のような蜜を滴らせ、そして、ついに……。

「イ、クう……」

焼け落ちる城から助け出してくれ、山賊に身をやつしても守ってくれている部下たちのまえで、悲劇のお姫様は果ててしまった。

ガクリと膝から崩れ落ちそうになるパルミドを背後から抱きしめたまま、ナリウスは白虎の皮の敷かれた椅子に腰を下ろす。

「まったく、泣く子も黙る『顔の焼けた女山賊』がこんな小娘だったとはね」

愛液に濡れた指を、ナリウスはペロリと舐めた。

それから、股を開き、自らの逸物を誇示するようにズボンの中から取り出した。

「ひぃ」

ラクウェルは思わず、短剣を持った両手で顔を覆ってしまった。しかし、指の狭間から覗いてしまう。

自らの腰の上にパルミドを大股開きで抱え上げたナリウスは、いきり立つ逸物を濡れた陰唇に添える。

「待てっ！　待ってくれ！　なんでもする！　だから、姫様を助けてくれ」

手をこまねいてみていた山賊たちが口々に叫ぶ。

「待つはずねぇだろ！　元騎士だか、精鋭だか知らねぇが、おまえらだって山賊になってからは、さんざんに村人だの、旅人だのの女たちを、殺し、犯し、奪ってきたんだろうが！

自分たちの宝だけ、汚されたくないというのは虫が良すぎるんだよ！」

露悪的に言い放ったナリウスは、パルミドの腰を落とした。

ブツン！

男盛りの巨大な逸物が、復讐に生きていた元姫君の膣孔にぶち込まれる。

「あぁぁぁぁぁ」

両腕を縛られているパルミドは、まるで膣孔から入った男根が体を貫いて、口から出てきそうだといわんばかりに、のけ反って大口を開けた。

若い牝のザラザラの肉襞《にくひだ》が、きつく男根に絡みつく。

そして、破瓜《はか》の血が滴り、白虎の毛皮を汚す。

「姫様……おいたわしい……」

城が落城してから三年間、砂を噛む思いで守り育ててきた姫君の、予想もしなかった屈辱的な破瓜の光景を目撃して、山賊たちは涙して膝から崩れ落ちた。

それにナリウスは冷たい視線を送る。

「ったく、自分たちだってさんざん悪事を働いてきたくせに、なに悲劇面しているんだか。山賊なんかやっていれば、いずれこういうことになることも想像できなかったのか？　このボンクラども」

そこにパルミドの静かな声がかかった。

「そ、そう責めないで、やってくれ。はぁはぁ……その者たちはあたしにとってかけがえのない家族だ。そう、おまえの言う通りだ。あぁ……山賊などやっていても未来などないことはわかっていた」

「それで処女膜を割られて、覚悟は決まったんですか？」

「ひ、一つ質問させてくれ……。おまえに従えば、うっ、ヒルクライム王国を打倒できるのだな。か、必ず、ウェルドニーの首をこの手に挙げることができるのだな」

顔を真っ赤にして涙目になっている破瓜中の女に、悪い男は自信たっぷりに請け合う。

「ああ。わたしならできます」

「わ、わかった。お、おまえに賭けよう……」

「姫様っ⁉　それはどういう意味か？」

驚く部下たちのまえで、傲慢なる商人に串刺しにされている王弟の息女は宣言した。

「あたしはおまえの女になる！」

「っ」

絶句する山賊たちを面白そうに見下ろしながら、ナリウスはパルミドの耳元でアドバイスする。

「こういうときは、こういったほうが部下たちは納得しやすいですよ」

「くっ……わかった。そういえばいいのだな」

ならず者に背後から犯されながら、元お姫様は改めて宣言した。

「ヒルクライム王国の王弟レンブラントが息女アスターシアは、ナリウスのおちんぽ奴隷になる」

「っ⁉」

言葉もない山賊たちに、荒い呼吸をした女山賊は自嘲的に笑う。

「あの魔法で城を一瞬にして焼かれたとき……、ヒルクライム王国に、ウェルドニーに復讐できるなら、あたしはなんでもする……。そう誓った。誓ったのだ。しかし、どうしていいのかわからず、みなに山賊などという不名誉なことをさせてしまっていた……。こいつは悪党だ。それもとびっきりのな。はぁはぁ……きっとあたしたちの思いもよらぬ手段を使うに違いない。おまえたちがまだあたしを見捨てぬというのなら、……これまであたしに尽くしてくれたように、この男に尽くしてもらいたい」

騎士崩れの山賊たちは泣き崩れる。

「姫様、申し訳ありません。我らが不甲斐ないばかりに……」

大勢が決したことを知ったナリウスは、莞爾《かんじ》と笑った。

「よし、よく決断した。ご褒美だ」

パルミドの腰を抱き、激しく上下させた。

亀頭部が、恥丘の裏側、いわゆるGスポットと呼ばれる部分をこすりながら、子宮口まで突き上げる。

「あっ、あっ、あっ、あっ、あっ」

グチュグチュグチュグチュ……。

野太い肉棒が出入りするたびに、赤毛に彩られた陰阜《いんぷ》から飛沫が上がり、パルミドの声は次第に、甘く官能に彩られたものになっていく。

ナリウスは金に任せて、幾人もの愛人を囲い、国一番の床上手と呼ばれた娼妓を買ったこともある。

そんな男の淫技にかかっては、オナニーにすら嫌悪感を持っていた処女娘に対抗する余地はなかった。

「ああ、そこ、すごい、気持ちいい、気持ちいい、気持ちいい、ウソ、おまえのおちんちんでお腹の中をズコバコされるのが、こんなに気持ちいいものだったなんて……ああ」

初めてだというのに、野太い逸物で腹の中をかき混ぜられたパルミドは、歓喜の悲鳴をあげ、随喜の涙を流してしまう。

おそらくいままで復讐のために肩肘を張って生きてきた女が、強制的とはいえ男に依存して生きていく。そう決意したとき、牝に目覚めたのだろう。

硬かった処女洞窟も柔らかく解け、ザラザラの肉襞を男根に絡めてくる。

「いいオ◯ンコだ。それじゃ、いくぞ」

露悪的な笑みを湛《たた》えたままナリウスは、涙目のパルミドの膣中で肉棒を爆発させる。

ドクンッ！　ドクンッ！　ドクンッ！

「あはっ、入ってくる、入ってくる、入ってくる。なにこれ、気持ちいい――――、気持ちよすぎる――――、ダーリンのおちんち～ん♪」

ヒルクライム王国中の人々を震え上がらせていた女山賊は、喉をさらし、大口を開けて雄叫びをあげた。

さらにＧスポットを責められていたこともあって、潮まで噴いてしまう。

プシャーッ！

「うわ――――」

傍らに立って見ていたラクウェルは、引いた顔になっている。

「泣く子も黙る女山賊といっても、ちんぽを入れたらかわいいものですね」

射精を終えたナリウスが嘲笑すると、パルミドは必死に顔を後ろにひねって、モジモジと訴えてきた。

「お、おまえ、いや、ダーリンのおちんちんすごかった……。男にやられるのがこんなに気持ちいいだなんて、想像もしていなかった……。いや、たぶん、ダーリンだからだと思う。あたしはダーリンとこうなる運命だったんだ……」

「気に入ってもらえたようでよかった」

乙女が初めての男に幻想を持ってしまうのはよくあることだろう。しかし、その幻想を解いてやる必要はない。

破瓜に続く、初めての膣内射精の快感に惚けてしまっているパルミドの唇を、ナリウスは奪った。

「う、うむ、うむ……」

パルミドは自分を陵辱して辱めた男の唇を、夢中になって吸った。

そこには男勝りの女山賊はいない。男を知ってしまった牝だけがいた。

接吻を終えたナリウスは、すっかり従順になってしまった女山賊の乳房を揉みながら、眼下の山賊たちを睥睨する。

「さてと、おまえらの姫様の覚悟は聞きましたね。いいですか、わたしたちがこれから盗むのは、国です」

第三章　偽りの愛に抱かれた女

「ナリウスさん、本当に山賊なんかになるんですか？」

事を終えた女山賊パルミドが真新しい衣装に着替えているさまを横目に、ラクウェルがおろおろと質問してきた。

殺気立った騎士崩れの山賊たちの視線を浴びながら、ナリウスは少し考える表情になる。

「山賊というのは響きが悪いですね。……解放軍と名乗ることにしておきましょう」

「解放軍？」

「圧政を敷くヒルクライム王国から、庶民を解放する正義の決起軍です」

ナリウスの答えに、ラクウェルは目を白黒させる。逆に衣装を整えたパルミドは感動の声をあげた。

「か、解放軍！　よいな、その響き。さすがあたしの見込んだ男だ。悪知恵が働く」

トロンとした表情になったパルミドは、ナリウスの左肩にしなだれかかった。

一発やられただけですっかり堕ちてしまっている元お姫様の態度に、騎士崩れの山賊たちは戸惑いながらも口を挟む。

「器を変えたからといって中身の酒が変わるわけではあるまい」

「同じ酒でも、器によって味は変わって感じるものですよ」

まるで猫でもかわいがるようにパルミドの乳房を揉んでやりながら、ナリウスは澄まして応じる。

「さて、我々の最終目的は、ヒルクライム王国の打倒ですが、いきなりは無理でしょう。まずはレイムの襲撃を目標としましょう」

「なんとっ⁉」

「知っての通り、レイムはこの国の物資の集積所です。農民から徴収した物資はいったん、ここに集められる。それをいただきましょう」

平然としたナリウスの提案に、血相を変えたラクウェルは叫ぶ。

「い、いただくって……それ違法というか、犯罪です。山賊行為ですよ！」

「悪い者たちから奪うのですから、正義の行いです。解放軍は正義の味方ですからね」

「それって詭弁《きべん》といいませんか」

胡散臭いと言いたげな顔をしているラクウェルはともかく、騎士崩れの山賊の中でも頭だった老人が首を横に振る。

「あそこは警備が厳しいぞ。我々の戦力ではとてもとても……」

「そういえば、確認するのを忘れていました。あなた方の戦力はいくらぐらいですか？」

「レンブラントの旧臣で戦える者は百人程度。近隣で我らの影響下にあるゴロツキを掻き集めれば三百人といったところだ」

　老人の返答が真実かどうか確認するように、ナリウスは腕の中のパルミドの顔を見る。

「あたしもその程度だと把握している」

　山賊たちがウソを言わなかったことに満足したナリウスは、記憶をたどる。

「なるほど、レイムに駐留している兵は、千人ぐらいでしたか？」

「いや、常駐している兵は千人ほどかもしれないが、絶えず荷馬車が出入りしている場所だ。それらの護衛の兵士を入れれば三千はいる」

　現在のヒルクライム王国の各地には、山賊だの盗賊だのが、いたるところにいる。それらから物資を守るために大勢の護衛が付けられているということだ。

「まぁ、入念な下準備をしましょう」

「下準備？」

「それはわたしが直接なんとかしましょう。その間に、あなた方にはやってもらいたいことがあります」

　騎士崩れの山賊たちの顔に、そらきた、といった表情が浮かんだ。

　この悪徳商人が、自分たちを使い捨てのコマとして利用しようとしているのは見え見えである。どんな無理難題を押し付けられるか、事によっては覚悟しなくてはならないだろう。

「まずは街道に関所を設けてください」

「関所？」

「通る者から、通行税を取るのです」

ナリウスの膝の上で猫のようにくつろいだパルミドが、小首を傾げる。

「果たして、あたしたちの求めに応じて払う者がいるのか？」

「払わなければ男は殺し、女は犯してしまえばいい」

あっさりと鬼畜極まることを言うナリウスに、ラクウェルがビックリ仰天する。

「ちょっとナリウスさん⁉」

「脅しですよ。こう言ってやれば通りたい者は、金を払うでしょう」

「なるほど」

パルミドは納得したようだ。しかし、ラクウェルは異議を唱える。

「私的な関所は国法によって固く禁止されています。そんなものを設けたらただちに討伐軍が来ますよ」

物言いたげな山賊たちの視線が、ナリウスに集まる。

「官軍が来たら山に逃げてください。そして、官軍が帰っていったらまた関所を設ければいい」

「また討伐軍が来たら？」

「逃げればいい」

呆れる周囲の者たちに、ナリウスは冷笑で応じる。

「現在のヒルクライム王国軍の士気は低いです。末端の兵士たちの給金も滞っている状態ですからね。山賊討伐など真剣にやりませんよ」

「あ、いま山賊って言った！」

鬼の首を取ったかのようなラクウェルの指摘に、ナリウスは肩を竦める。

「おっと、解放軍の資金集めです。おそらく、官軍よりも怖いのが、近隣の有力者に雇われた勇者気取りの賞金稼ぎたちとなるでしょう。彼らが襲撃してきたら、罠に追い込み捕らえ、できるだけ味方にしたいですね」

こうして、ナリウスの計画のもと、山賊団、改め解放軍は街道に六つの関所を設けた。

通行料は、ナリウス曰く良心的な値段だったせいか、必要に迫られた人々はしぶしぶ支払う。当然、ただちに官軍が討伐にやってきたが、予定通りに山中に逃亡する。

官軍の士気は予想通りに低く、山狩りなどをすることはなかった。

関所を壊すと帰っていく。

それを見たナリウスたちは街道に出てきて、新しい関所を作った。そして、官軍が討伐にくれば、山に逃げる。その繰り返しだ。

そのローテーションが何度か続き、次第に官軍の来る頻度は下がった。

業を煮やした近隣の村々では、傭兵を雇い、山賊退治を依頼する。しかし、山賊のほうは、これを待ち構えていた罠で生け捕りにし、大義を説いて仲間に誘った。

とはいえ、頑固者はどこにでもいるものだ。

「笑止。このヒタマ、貧しい村々からの願いを受け、正義をなしに来たのだ。たとえ爪を剥《は》がれ、目玉をくりぬかれ、全身の皮を剥かれるような拷問を受けようとも、断じて山賊の軍門になど降るものか！」

トリモチの罠で捕まった赤いビキニ鎧の女戦士は、堂々と言い放つ。

「ヒタマって、あの鉄拳の女勇者ですか」

ラクウェルでも知っている有名な女傭兵である。ナリウスも噂には聞いていた。

「彼女の拳は岩をも砕くといわれていますね。体術で有名なティア寺出身とか」

パルミドも苦々しい顔で吐き捨てる。

「あたしたちはこいつのせいで、何度も煮え湯を飲まされた。こんな正義バカを生かしておいたところで役になど立たない。とっとと殺そう」

「なるほど、パルミドさんの宿敵だったわけですか？　わかりました。説得はわたしが請け負いましょう」

そう言って高名な女傭兵を個室に誘ったナリウスは、一対一での説得を開始した。

「き、貴様。卑怯だぞ。恥を知れ。あ、ダメ、そこは、ああ、ああ、ああ、なに、これ、上手すぎる、ああ、ダメ、そんな大きいものでズボズボされたら、ああ、気持ちいいところにばかりあたる――。ああ、悔しいのに感じちゃう。ビクビク、ああ、イク、イク、イク、イク――！　ひぃ、まって、少し休ませて、ああ、そんな連続でなんてダメ、ああ、またまたイっちゃう。ひぃぃぃ、イくのが止まらない。こんなの初めて――！！！」

一晩に渡る丁寧な説得が終わったあと、ナリウスと部屋から出てきた鉄拳の女勇者ヒタマは、頬をテカテカと輝かせ、逞しい両脚を内股にし、両手で股間を押さえながら前非を悔い改めた。

「悪政を敷くヒルクライム王国は打倒されるべきだ。ナリウスさまの大義を実現させるべく、この身を捧げます」

「うわ――」

掌を返した女勇者の姿に、ラクウェルはドン引きした顔で頬を引きつらせた。

※

「はぁ？　王女ウェルドニーが美女狩り？　美少年狩りの間違いではないのですか？」

山賊団の経営に精を出しているナリウスのもとに、姫将軍ウェルドニーが美女狩りをしているという情報が入ってきた。

不審に思って詳細を調べさせると、どうやら、ウェルドニーは捕らえた美しい娘たちを有力貴族に下げ渡しているらしい。

「つまり、次の王座を狙っている彼女は、貴族たちの支持を得るために女衒《ぜげん》をやっているということですか？」

ラクウェルは信じられないといった顔で叫ぶ。

「まったく、恥知らずな女だ」

従姉の所業に、パルミドも軽蔑した顔になる。

「救出しましょう」

ナリウスの指示のもと、美女救出作戦はただちに実行に移された。

村々から誘拐同然に連れ出された十人ばかりの美女が、荷馬車に乗せられて輸送されているところを略奪。もとい、解放した。

「でも、わたしたち、帰る場所がなくて……」

ヒルクライム王国はどこも不景気である。村に帰っても、食っていけないという女たちに、ナリウスは頷く。

「仕事をお探しなら、解放軍に協力してくれると助かります」

「よろしいのですか？」

「ええ、ぜひ」

女たちは感謝して、解放軍に協力。攫《さら》われるほどの美女たちである。彼女たちの存在で解放軍は華やぎ、士気高揚に役立った。

そんなこんなで解放軍の運営にナリウスが汗を流していると、ミントグリーンの長髪にソバージュをかけて背中で結んだ二十代後半の美女と再会する。

「店長！　こんなところにいらしたんですか」

『彩鳥堂』の番頭であるローラが、仕入れのために『顔の焼けた女山賊団』の本拠を訪れたのだ。

「やぁ、ローラ。また会えて嬉しいよ」

山賊団の頭が、いつの間にかナリウスに入れ替わっていたことに、元踊り子のお姉さんは呆れる。

「店長のことだから、そう簡単にくたばるとは思っていませんでしたけど、まさか山賊の頭に収まっているとはね。さすがに想定外でしたよ」

「ご迷惑をおかけしました。店のほうは無事なんですか？」

「ええ、店長を売るような不心得者は、あの街にはいないってことよ」

ナリウス、ラクウェルが、ウェルドニーと揉めたあとの城下は、すぐに日常に戻ったという。

ヒルクライム王国内では犯罪が多すぎて、警察力は著しく低い。その場で処理できなければ、継続的に捜査することはなかったのだ。

話を聞いたラクウェルは、安堵に胸を撫で下ろす。

「よかったですね。ナリウスさん、店に戻れますよ」

「いや、実はちょっと面白いことになっていまして」

事情を説明しようとするナリウスの唇を、ローラは人差し指で留《とど》めた。

「とりあえず、心配させてくれたお詫《わ》びに、今夜はサービスしてください」

「ふふっ、ローラは相変わらずですね。わかりましたよ」

ごく当たり前にローラの腰を抱いたナリウスが、部屋を出て行こうとするのに驚いたラクウェルが頓狂な声を出す。

「え、えぇぇぇ!? ローラさんって、ナリウスさんの恋人だったんですか？」

店主が行方をくらましてからも店を切り盛りしていたやり手の女番頭は、小娘に向かってウインクを返す。

「ちょっと違うわね。愛人よ。彩鳥堂の店員は、みんな店長に下半身から教育されているわ」

「うわ――」

上機嫌なお姉さんを見送りつつ、ラクウェルはドン引きしている。

※

「さて、どうやって攻めるのが正解なんでしょうか？」

解放軍の運営を軌道に乗せたと判断したナリウスは、あとをパルミドに任せて、自ら物資の貯蔵地レイムの情報収集にやってきた。

「ナリウスさんって、実はとんでもない女たらしだったんですね」

一緒にやってきていたラクウェルがジト目を向けてくる。

「パルミドさんと、ヒタマさんとのことを言っているんですか？　あれは必要に迫られて仕方なくですよ」

「ウソですね。美女狩りから解放したお姉さんたちの中でも一番美味しいところはナリウスさんがつまみ食いしたと評判ですよ。それにローラさんからも聞きました。王都にいたときから、幾人もの女性と付き合っていたそうじゃありませんか。ローラさんにしても旅芸人の一座から、ナリウスさんに騙されて引き抜かれたと言っていましたよ」

「あはは、見解の相違ですね」

そんな雑談をしながら街中を歩いていると、不意にラクウェルが驚いた表情になった。

「あ、あの人……！」

「どうしました？」

「王都を脱出するとき、ナリウスさんが騙した女騎士さんですよ」

灰褐色の短髪に左右の襟足だけを長く伸ばし、小柄な体をヒルクライム王国の青い鎧に包んでいる。たしかに王都の裏門の門番をしていた女騎士であった。相変わらず生真面目な顔をして、街中を巡回している。

「どうしてこんなところに……？　いや、王都の門番は新人の仕事で、少ししたら正式な部署に配属されると以前に言っていましたが」

ナリウスは、昼食を共にしたときの雑談を思い出す。

「ふむ、彼女なら味方に引き込めますね」

「また無理やりやる気ですか？」

嫌そうな顔のラクウェルに、澄ました顔のナリウスは肩を竦める。

「人聞きが悪いですね。わたしは紳士ですよ。どうやらわたしは彼女の好みの男のようですからね。彼女の望みをかなえてあげるだけです」

「うわ――――、最低ですね」

どうやらラクウェルの、ナリウスへの評価はストップ安を更新中のようである。

※

「これはガネットさん、このような場所で再会するなんて奇遇ですね」

市中の見廻りをしていた女騎士に、商人の男は丁寧に声をかけた。

「あ、ナリウス殿。ど、どうしてここに？」

「ちょっとした仕入れの途中なんです。こんなところで再会できるだなんて、運命的ですね」

「う、運命だなんて……」

ガネットの頬が赤くなる。

女はなぜか運命という言葉が好きである。それと知っているナリウスはわざと使ったのだ。

「そういえば先日は、馬を融通してもらい助かりましたよ」

「いえいえ、ナリウス殿のお役に立てたのならよかったです」

どうやらガネットは、最近、話題の山賊団の首領がナリウスだとは夢にも思っていないようだ。

ナリウスが王都から逃亡することになった事件も、治安の悪いヒルクライム王国ではよくあること。ローラから王都エルバードではたいした話題にはなっていないと聞いている。

これならば、舌先三寸で騙せると確信したナリウスは畳みかけた。

「役に立ったなんてものではありませんよ。ぜひお礼をさせてもらいたいですね」

「いえ、改めてお礼だなんて。いつもナリウス殿には過分な謝礼をいただいております。馬だってもっといい馬を購入できました」

恐縮するガネットの薄い水色の双眸《そうぼう》を、じっと見つめながらナリウスは訴える。

「そうおっしゃらずに、ぜひお礼をさせてください。そういえば、ガネットさんはお肉がお好きでしたよね。この街にも美味しいお肉を出す店があるんですよ。ぜひご一緒したいな。本日、仕事が終わってからどうです。それとも明日のほうが都合はよろしいですか？」

これもまたナリウスの話術の罠だ。イエス、ノーを迫るのではなく、Aか、Bか、の選択を迫ったことで、ノーの選択肢を隠したのだ。

「あ、きょ、今日で大丈夫です」

「よかった。楽しみです」

相手を極悪人と知らないガネットは、流されるままに承知してしまった。

それどころか仕事を終えると、ウキウキしながら待ち合わせ場所に出かけてしまう。

プライベートな時間ということで、騎士の鎧を脱ぎ、カーキ色のワンピースに着替え、顔には軽く化粧までしてしまった。

「すいません。わたし、あんまりおしゃれをしたことがなくて……」

「いえいえ、ご謙遜を。とっても綺麗ですよ。ガネットさんの普段着を見られて嬉しいです。さぁ、行きましょう」

田舎出身で、幼いころから騎士になることを夢見て剣術の稽古《けいこ》ばかりしてきたという女は、案内されたおしゃれなレストランの食事に感動する。

「こんな美味しい料理を食べたの、わたし初めてです」

色鮮やかな野菜の添えられた海龍肉のソテーに、ブルアリ産の貴腐《きふ》ワインである。ヒルクライム王国の新米騎士の給金では、まったく縁のなかった代物だ。

「わたしは味がしませんでしたよ」

「えっ、ええ⁉　す、すごく美味しいですよ？」

戸惑い不安そうな顔をするガネットに、ナリウスは切なそうな顔で訴える。

「あなたと一緒にいると緊張してしまって、どんなに美味しい料理でも味がわからなくなってしまうようです」

「そ、それって……その」

おどおどしているガネットに、ナリウスは恥じ入るように目を伏せる。

「実は今日、再会したのは偶然ではないのです」

「はぁ……」

「ガネットさんがいると知っていて来たんですよ」

男慣れしていない女は、ボフッという擬音が聞こえそうな勢いで、顔を真っ赤にした。

テーブルに置かれていたガネットの手を、ナリウスはそっと包む。

「先走りがすぎるとは思ったのですが、実はこのホテルの部屋を予約してあります。一緒に来ていただけませんか？」

「っ⁉」

男とホテルの部屋に行く。その意味を察せられないほどに、無垢な二十歳の女はいない。

目を泳がせたガネットは、無意味に灰褐色の頭髪を整えながら頷いた。

「わ、わたしなんかでよかったら喜んで……」

かくして、真面目な女騎士は、言葉上手な商人の手練手管に騙されて、個室にまで連れ込まれてしまった。

※

「はぁ、こんないい部屋……」

ナリウスが用意したのは、ホテルの最上階。開かれた窓はテラスになっており、美しい海を見ることができる。揃えられていた家具も一流品。いわゆる最上級の部屋だ。

「ガネットさん」

部屋に入ったナリウスは待ち切れないとばかりに、ガネットに抱き着き、そして、薄い唇を奪う。

当初、驚き目を見開いたガネットであったが、すぐに目を閉じると、ナリウスの頭を抱いて積極的に唇を重ねてきた。

「う、うむ、うむ……」

ナリウスが舌を伸ばすと、ガネットは素直に口を開き、自らの舌と絡める。

接吻をしながらナリウスは、ガネットの衣装を脱がす。

カーキ色のワンピースがストンと床に落ち、薄い黄色のブラジャーとショーツの下着姿があらわとなる。

さらにブラジャーを外されたところでガネットは、ナリウスを押しのけて背を向け、両手で胸元を隠した。

「どうしました？」

「あの……わ、わたし、こういうこと、初めてで……。その、キスしたのもこれが初めてなくらいで……」

身を硬くして震えているガネットを、ナリウスは背後から抱きしめる。

そして、左耳を食むようにして囁《ささや》く。

「それは嬉しいですね。ガネットさんの初めての男になれるだなんて……。一生の思い出だ」

「そんな、わたしの体なんて、たいしたものじゃないです。筋肉質で、男みたいで……色気がなくて」

「そんなことありませんよ。すっごい綺麗です。わたしはウェルドニー姫とガネットさん、二人が裸でいたら、迷わずガネットさんに抱き着きますね」

「ああ、そんなお姫様より上だなんて、いくらなんでも褒めすぎです。……でも、お世辞でもそう言ってもらえると嬉しいです」

どこまでも自分の容姿に自信がないらしいガネットに、ナリウスは紳士的に促す。

「わたしはガネットさんのおっぱいをみたいです。見せてもらえませんか？」

「……」

顔を赤くしてしばし躊躇ったガネットだが、やがて恐る恐る胸元から腕を外した。

巨乳ではないが、貧乳でもない。二十歳の女としては、ごく平均的な大きさであろう。しかし、筋肉質なせいか、盛り上がった乳房はまったく垂れていない。それどころかピンク色の先端はツンと上を向いている。形の整った美乳と称えるべきだろう。

「期待通り綺麗なおっぱいです」

女の左右の腋《わき》の下から腕を回したナリウスは、両の乳房を手に取って重量を量るように弄《もてあそ》ぶ。

「……あぁ。ナリウス殿はセクシーでカッコイイ大人の男性だと思っていましたけど、意外とスケベだったんですね」

たちまち乳首を突起させてしまったガネットは、発熱しているかのように頬を染めながら後目《しりめ》に苦言を吐く。

「男はみんなスケベですよ。こんな魅力的な女性をまえに我慢できる男はいません。寝台にいきましょうか」

ショーツ一つとなった女は、男に促されるままに、寝台の端に腰を下ろす。そして、仰向けに押し倒された。

「ああ、待って。わたし、今日、ずっと野外でしたから、汗臭いです。シャワー、せめてシャワーを浴びさせてください」

「ダメです。もう我慢できません」

獣欲をあらわにした牡は、抵抗する牝を押さえつけ、首の周りにネッキングする。

左右の鎖骨の窪みにキスをしたあと、腕を上げさせると、あらわとなった腋孔に顔を突っ込み、ペロペロと舐める。

「ああ、そんな、ダメ……恥ずかしい」

まさか今日、男に身を任すことになるとは予想だにしていなかった処女騎士の腋の下には、少し和毛《にこげ》が萌えていた。

そこから香る牝の匂いが、牡を高ぶらせる。

濃厚な牝の香りを堪能したナリウスは、さらに両手の内に白い乳房を鷲掴みにした。

若い上に筋肉質なせいか、仰向けになってもまったく型崩れせずに、こんもりと盛り上がっている。

ピンク色の乳首は、周囲を彩る小さな乳輪からビンビンに突起していた。

そこに口を下ろしたナリウスは、左右の乳首をレロレロといやらしく、卑猥《ひわい》に舐め回したのちに、口に含んだ。

「ふふ、ナリウス殿が、わたしのおっぱいに夢中になってしゃぶりつくだなんて、ちょっとかわいいです」

自分の乳房に男がむしゃぶりついている光景を見下ろすのは、女として本能的な喜びを刺激されるのだろう。頬を紅潮させたガネットは恍惚とした吐息をつく。

ナリウスは構わず、左右の突起した乳首をしゃぶり倒し、男の唾液に濡れてビンビンになった乳首を指で摘まんで、扱いてやる。

「ああ、ナリウス殿におっぱいを触られて気持ちいいです。ああ、ナリウス殿におっぱいを吸われているとわたし、わたし、ああ、気持ちよすぎます～～～♪」

執拗に二つの乳首を弄ばれたガネットは、それだけで絶頂した。

「はぁ……、はぁ……、はぁ……、わたし、恥ずかしい」

男にイキ顔をさらすのが恥ずかしかったのだろう。ガネットは両手で顔を覆って、余韻に浸っている。

「恥ずかしがることはありません。ガネットさんの体が素敵なのですよ。とっても敏感で、淫らで、色っぽい」

お為ごかしを言いながらナリウスは、引き締まった腹部に頬擦りをして、臍《へそ》から下腹部へと唇を下ろす。

そして、乙女の最後の砦に手をかけた。

騎士姿のときにさらしていた黒い見せパンではなく、普通の薄い黄色のショーツである。

その股繰り部分には、すでに大きな染みができていた。

灰褐色の陰毛と、肉裂が透けて見えるほどだ。

「ショーツを脱がしますよ」

「あ、はい……」

恥じ入りながらもガネットは、ナリウスに言われるがままに両脚を揃えて、垂直に上げさせた。

そして、尻を上げたため、ショーツを一気に抜き取られる。

ショーツの股繰り部分と女性の股間の間には、ヌラーと透明な糸が引いた。

「ああ、わたし、濡れすぎ……恥ずかしい」

「素敵じゃないですか。愛液の豊富な女性ほど魅力的なのですよ」

「はぅ……、そういうものなのでしょうか？」

恥じ入りながらも真面目な女騎士は、最後の一枚も奪われてしまった。

素っ裸にされてしまったガネットは、さらに両脚を左右に思いっきり開いた形で押さえつけられる。

こんもりと膨らんだ土手高な陰阜に、ふわふわと茂った陰毛が濡れていた。

まったく手入れのされていない天然物の陰毛だ。

「は、恥ずかしい。そんなに見ないでください」

ガネットは手の甲で、顔を押さえる。

「綺麗ですよ。それに、こんなに濡れているということは、わたしにやられるのが楽しみで仕方がないということですね」

「それは……はい」

「期待を裏切らないようにしないといけませんね」

ニッコリと笑ったナリウスは、乙女の肉裂の左右に親指を置くと、ヌラリと剥いた。

鮮紅色の秘肉があらわとなる。クリトリスは朝顔の蕾《つぼみ》のように突起し、先端から少し肉真珠を覗かせている。その下には、小指を入れるのもやっとのような小さな穴がヒクヒクと開閉しながら、蜜を溢れさせていた。

同時にプーンと発酵した牝の香り、すなわち、処女臭が男の鼻孔をくすぐる。

「ああ、なんて美味しそうなオ◯ンコなんだ、これは我慢がなりませんね」

狼となった男は、牝肉の股間に顔を埋めた。

「ひぃあ、まってください。わたし、その、やっぱり……」

とっさに両手を伸ばしたガネットは、男の頭を掴み、必死に押しのけようとする。しかし、ナリウスは容赦なく舌を縦横に動かす。

ピチャピチャピチャ……。

卑猥な水音が、あたりに響き渡る。

「ひっ……！　ダメです。そこは……！　き、汚いですから……」

羞恥を感じていても、肉体的な快楽から逃れられるものではない。

悪い男の舌は、さながら毒蛇の舌であるかのようであった。女の襞の隅々まで舐め回したあとで、小さな膣孔にまで押し入る。

「ああ、そんな奥まで、舐められたら、ああ、ひぃあ」

グリグリと舌が回転して、小さな穴を押し広げ、出たり入ったりを繰り返して、少しずつ奥まで入っていき、ついには処女膜まで舐めた。

さらにはクリトリスに吸い付き、包皮を完全に剝いて、中身を濡れた舌先でこね回したのだから、いかに真面目な女騎士でもたまらない。

「ひぃああ、そ、そこ……、らめぇぇぇぇ！！！」

ビクンビクンビクン
ガネットは下腹部を激しく痙攣させた。同時に膣孔からドプドプと濃厚な熱い蜜が大量に溢れ出す。

「ふぅ」

手中の女が絶頂したところを見て取って、ナリウスはようやく口を離す。

「いかがでしたか？」

「さ、さすがはナリウス殿です。自分でやるよりも何倍も、いや、とっても気持ちよかったです」

思わず自分の自涜癖《じとくへき》を口走ってしまったガネットは、発火しそうなほどに顔を赤らめて慌てて口をつぐむ。

「オナニーぐらいだれでもしていますよ。ですが、これからはオナニーしたくなったら、わたしに言ってくださいね。自分の恋人がオナニーしているというのは、男としていささか情けない気分になります」

「こ、恋人って……」

「おや、違うのですか？」

ナリウスが意外そうな顔をすると、ガネットは慌てる。

「あ、はい。ナリウス殿の恋人として恥ずかしくない女になります」

顔を真っ赤にして含羞を噛みしめている乙女の頬を、色事師は優しく撫でる。

「ふふ、そんな気負う必要はありませんよ。ところで、ガネットさん、実はわたし、そろそろ我慢できなくなってきたのですが……入れさせてもらってよろしいですか？」

「も、もももも、もちろんであります。ど、どうぞ」

動転したガネットは大開脚のまま、自ら両手を股間にあてがい、陰唇を思いっきり開いてみせた。

その潔すぎる態度に、思わず苦笑しながらナリウスは服を脱ぎ、逸物を取り出す。

びょんっと跳《は》ねるようにしてそそり立った逸物は、臍に届かんばかりに反り返っていた。

自らクパァをして、男を迎え入れる覚悟を完了していたガネットであったが、思わず息を呑む。

「すごい……大きい」

「ありがとうございます。ガネットさんのお眼鏡にかなうといいんですがね」

そう言ってナリウスは、いきり立つ逸物をガネットのさらしてくれている膣孔に添えた。

大人への階段を登ろうとしている女は、トロンとした表情で、運命の肉槍の持ち主の上体を見上げる。

「ナリウス殿の体って、細身なのに筋肉質なんですね。普段の立ち回りからわかっていましたけど、なにか武芸などを心得ているのですか？」

「わたしは、しがない商人ですよ」

「そうですか？　ナリウス殿って不思議な方ですよね。単にカッコイイとか、お金持ちというだけじゃなくて、どこかミステリアスで、セクシーで、優しいのにどこか悪そうな気がして、すごい女性にもてそうなのに、わたしみたいな女を口説いて」

いざ処女を割られる直前ということで、緊張しているのだろう。ガネットの舌はとめどなく回転した。

「そう褒められると照れますね。ですが、ガネットさん。そろそろおしゃべりはやめて、セックスを楽しみませんか？」

「あ、すいません。気を削ぐようなことを言ってしまって。ど、どうぞ、入れてください」

「わたしのほうこそ、ガネットさんみたいな素敵な女性とこのような関係になれて、幸運を噛みしめていますよ」

そう言いながらナリウスは、いきり立つ逸物をぬれそぼった膣孔に添えて、ゆっくりと腰を落とした。

ブツン！

たしかに処女膜の破れた手ごたえが、亀頭部から伝わってきた。

「うっ」

唇を噛みしめたガネットは、顎を上げて呻いた。

逸物を半ばまで押し込んだところで、ナリウスは優しく気遣う。

「つらくありませんか？」

「は、はい。少し痛いですけど、これぐらい剣術の稽古での怪我に比べればたいしたことはありません」

「痛いなら痛いと言ってくださいね。もう少し奥まで入れますからね」

ナリウスは肉棒をゆっくりと最深部まで押し込んだ。亀頭部がリング状の肉穴にぴったりと付く。

「おぉっ!?」

「大丈夫ですか？」

「ああ、ナリウス殿のおちんちんが、わたしのお腹の奥底、え、えーっと、たぶん、子宮に届いています。ああ、ナリウス殿のおちんちんにキスされて、わたしの子宮、喜んじゃっています！」

自分でも触れたことのない最深部を異性に触れられて感極まったガネットは、両腕でナリウスの背中を抱き、両足を尻に絡めてきた。俗にいう「だいしゅきホールド」といわれる体勢だ。

しかも、剣術の達人であるがゆえに、騎士になった女である。男から逃れることは不可能だ。

男の胸板で、筋肉質な双丘《そうきゅう》が潰れる。

(すげぇキツマン。さすがは女騎士。オ◯ンコの筋肉もよく鍛えられている)

ナリウスの遊んできた幾多の女の中で、もっとも膣圧の強い女であった。

そのうえ破瓜最中の二十歳の女だ。

(くっ、ザラザラの肉襞が肉棒に絡みついてきやがる)

ナリウスは、ガネットを騙して利用するつもりである。女を操るには、子宮を満足させてやるに限った。暴発させたのでは、女が醒めて、せっかくここまで上手くいっている企みが台無しだ。

ザラザラキツマンに絞め殺されそうになっている逸物に気合を入れて、なんとか耐えながら腰をゆっくりと前後させる。

「ああ、ナリウス殿のおちんちんがわたしの中にある。す、すごいです。わたしのオ○ンコが、ナリウス殿のおちんちんの形に広がっているのがわかります。この感覚、すっごく気持ちいいです」

「ガネットさんのオ○ンコもすごく気持ちいいですよ。こういうのを名器というのでしょうね」

ナリウスの歯の浮くような賞賛に、顔を真っ赤にしたガネットは涙目で身もだえる。

「め、名器だなんて、そんな……でも、ナリウス殿が喜んでくれるなら、嬉しいです。わたしのオ○ンコなんかでよかったら、好きなように使ってください」

「まったく、ガネットさんは自分に対する評価が低すぎますね。こんなに美人で、名器の持ち主を恋人にできるだなんて、わたしは幸せものだ。もうメロメロですよ」

「ああ、そんな、褒めないでください。お世辞だとわかっているのに、本気に、本気になってしまいそうです」

照れまくるガネットの膣孔に入れた逸物の抽送《ちゅうそう》を、ナリウスは少しずつ激しくしていく。

「どうしたらわたしの気持ちを本気として受け取ってくれるのですか？　そうだ、わたしのおちんちんを感じてください」

「さ、先ほどから、感じています。とっても、大きくて、ああ、太くて、ズンズンって、し、子宮に、ひ、響いてきます」

ナリウスは腰を振るいながら、質問する。

「ギンギンでしょ？」

「はい。とっても……」

恥じらいつつも頷くガネットに、ナリウスは囁く。

「これはわたしが本気でガネットさんを愛している証拠です。男のおちんちんは本能で動きますから、ウソをつけません」

「そ、そういうものだったのですか？」

ガネットの顔が嬉しそうに輝く。

「ええ、わたしはガネットさんのオ◯ンコの中に入って、こんなに喜んでいるんです！」

そう叫ぶとともに、ナリウスは腰使いを一気に激しくした。

女の恥骨と男の恥骨がゴツゴツとぶつかりあう。

「ああ、そんな激しくズコズコされたら、ああ、気持ちいい～♪　ナリウス殿の硬くて大きくてギンギンのおちんちんで、ああ♪　オ◯ンコの中をグチョグチョにかき混ぜられるの、気持ちよすぎます～♪」

愛されているという自覚が芽生えたのか、ガネットの反応は一段とよくなった。ザラザラの肉襞が肉棒に絡みついて、キュッキュッと締め上げてくる。

（これは……イクな）

破瓜の最中の女をイかせるのは容易《ようい》なことではない。しかし、さすがは若く鍛え抜かれた女騎士、痛みに耐性があったのだろう。どうやら成功させることができそうだ。

「ガネットさん、そろそろ出ます。中に出してよろしいですか？」

「で、出る……？　あ、はい！　子種ですね……っ！　わたしの中でお願いします！　ノリウス殿の子供ならっ、わたしっ、喜んで産んじゃいますからっ！」

処女を割られただけで妊娠する覚悟までしてしまっている女の純真さに、内心で苦笑しながらもナリウスは、肉棒を思いっきり押し込んだ状態で、子宮口に零距離射撃をしてやった。

ドクン！　ドクン！　ドクン！

「ああ、中に入っています。ビュービュー、入ってきます。き、気持ちいい、気持ちいいです。オ○ンコの中が熱い汁で満たされて、ああ、気持ちよすぎます。ナリウス殿、大好きです」

膣内射精をされながら、男の体を四肢で強く抱きしめたガネットは、背中を太鼓橋のように反らして、泣きながら悶絶した。

こうして、田舎で剣術が得意だったことから上京して騎士になったという純朴な女は、色事師の手練手管にハマって、貞操を奪われてしまった。

※

レイムの街で、ナリウスとガネットが再会してから一週間。二人は連日、デートを重ねた。

騎士としての仕事を終えたガネットを、ナリウスが迎えに行き、芝居を見学したり、買い物をしたり、公園を散策したあと、高級レストランで食事をしてから、いつもの海の見えるホテルに向かう。

そして、朝まで激しく愛しあったあと、繋がったまま眠るのだ。

いかに純朴な女とて、一週間連続で男に抱かれれば、それなりのテクニックを身に付けていく。

「ああ、ナリウス殿、いかがでしょう。こんな感じで腰を使うと気持ちいいですか？」

寝台に仰向けになったナリウスの上に跨がったガネットは、男を楽しませようと腰使いを試行錯誤している。

その激しい腰振りによって、弾力のある乳房はブルンブルンと踊り、尖った乳首の先から汗が飛び散っていた。

「ええ、すっごく気持ちいいです」

「よかった。もっと、もっと気持ちよくなってください。わたしのオ〇ンコを楽しんでください」

もともと体幹に優れた女である。鍛え抜かれた体躯《たいく》から繰り出される、その腰使いの激しさたるや、娼婦でもできない勢いだ。

「ああ、ガネットさん、そんなに激しくされたら、わたしはもう……」

「いいですよ。いつでも、わたしの中に出してください。わたしの子宮に、ナリウス殿の子種をビュービュー浴びせてください。ああ、ナリウス殿の大きなおちんちんがビクンビクンしています。ああ、キタ――――！！！」

ドクン！　ドクン！　ドクン！

騎乗位で男根を搾り取ったガネットは、顎を上げて、白い喉をさらし、体をS字に反らしながら絶頂した。

それから射精が終わると、うつ伏せとなりナリウスの唇を奪う。

「う、うむ、うむ……」

下の口で男根を吸い上げるのと同じように、上の口からも男の体液を啜《すす》り飲む。

そして、落ち着くと腰を上げ、当たり前の顔をして、精液と愛液で穢《けが》れた逸物を口に含んでお掃除フェラをしてくる。

一通り綺麗にしたあとも、右手で半萎えの逸物を捕まえたまま、先端を口に咥えた状態で仰向けになりくつろいでいる。

すなわち、逸物に芯が戻ったら、即座に再開するつもりなのだ。

開いた膝の狭間から溢れる白濁液を左手で押さえて弄っているさまは、自らの火照りを抑えられないのだろう。

（たった一週間でずいぶんと変わったな）

昼間は真面目な女騎士。夜間は、男根を決して放さない淫乱痴女である。

単に淫乱になったというだけではない。

腋の下はつるつるに処理してあるし、陰毛も綺麗な逆三角形に整えられている。男に抱かれることを意識している牝の体だ。

まさに男によって、磨き上げられたといったところだろうか。

「……どうかしましたか？」

尿道内の残滓《ざんし》を楽しげに吸い出していたガネットが、ナリウスの顔を窺ってきた。

「いまのあなたを見たら、同僚の方々は驚くだろうな、と思いまして」

「さぁ、みんなこれぐらいやっているんじゃないですか？　好きな殿方のおちんちんが嫌いな女はいないと思います。少なくともわたしは、ナリウス殿に中出ししてもらったあとにしゃぶるおちんちんが大好きです」

「それは……まぁ、ありがとうございます」

苦笑してナリウスは、ガネットの灰褐色の頭髪を撫でてやる。

「騎士の仕事も大変なんでしょうね。最近はなにやら山賊たちも組織だっているようですし……」

「そうなんですよね。山賊の癖におこがましくも解放軍などと名乗っているらしいです。しかも、その頭目の名前がナリウス殿と同じなんですよ。まったく腹立たしい」

痴情に溺れているガネットは、自分の情夫と、山賊の頭目が同一人物だとは露ほども疑っていない。ただひたすらに、逸物が再勃起するのを今や遅しと待っている。

「山賊討伐のために兵が取られて、こちらが手薄になっているのではありませんか？」

情事の間の世間話を装いつつ、ナリウスはガネットから情報収集を行った。

ガネットはなんら疑うことなく、知っている情報を披露する。

「あ、ガネットさん、大好物を食べているところ申し訳ありません。少しトイレに行ってきます」

「おしっこですか？　それなら、このましてください」

「えっ!?　いや、それはさすがに……」

驚くナリウスから、ガネットは逸物を離そうとはしない。

「ナリウス殿のおしっこなら一度飲んでみたいと思っていたのです。ここでしちゃってください」

半萎えの逸物をカプッと咥えて上目遣いに見上げてくるガネットは、決して諦めてくれそうもなかった。

「はぁ～、仕方ありませんね」

やむなくナリウスは、ガネットの口唇《こうしん》の中で放尿してしまった。

ゴクリゴクリゴクリ……。

肉棒を咥えていたガネットは咽喉を鳴らして嚥下《えんげ》していたが、液量が多すぎて口唇から溢れさせてしまった。

「ゲホゲホゲホ……」

全身を小水塗《まみ》れにしたガネットは激しくせき込む。

「大丈夫ですか？」

慌ててナリウスは、背中をさすってやる。

「あ、はい。ごめんなさい……。寝台をビショビショにしてしまって」

「そんなことは気にしなくていいですよ」

女性におしっこを飲ませるどころか、顔から全身に浴びせてしまって、さすがのナリウスも罪悪感を覚える。

しかし、ガネットのほうは嬉しそうに笑う。

「うふふ、ナリウス殿のおしっこ、先ほどいただいたワインの味が少しして、美味しかったです。あ、ナリウス殿のおちんちん、また元気になっていますよ。今度はアナルでしてみませんか？」

「アナルセックスをしたいんですか？」

驚くナリウスに、ガネットははにかみながら頷く。

「はい。女は、アナルでも愛する人のおちんちんを受け入れられると聞いたのです。わたし、ナリウス殿にすべてをお捧げしたい……あ、ナリウス殿がアナルセックスになんか興味がないというのなら、別にいいんですけど」

漁色家のナリウスはむろん、アナルセックスの経験もあった。

若いころ好奇心に任せて、ローラを始めとしたいろんな女のアナルに入れてみたのだ。

しかし、結論として、逸物を入れるなら、膣孔のほうが断然気持ちいい、と知った。

だから、積極的にやりたいとは思わなかったが、女に被虐の快感を教えるという意味ならば、やる価値はあるだろう。

「それなら、まぁ、遠慮なくやらせていただきましょうか？」

「ありがとうございます。さぁ、どうぞ」

膝立ちとなって上体を沈めたガネットは、引き締まった尻をナリウスに差し出し、自らの肉朶《にくたぶ》を両手で開き、薄紫色の肛門をさらしてきた。

ナリウスは右手の中指で、菊座の皺《しわ》を撫でる。

「っ！」

「力を抜いて」

「は、はい……」

緊張に身を硬くしたガネットが、必死に力を抜いたところを見澄まして、ナリウスは指を一本押し入れた。そして、さらに一本、今度は人差し指を入れる。

二本の指をV字に開いて、肛門の筋肉を揉み解《ほぐ》す。

「それではいきますよ」

「よ、よろしく、お、お願いします……」

二本の指で開かせた肉穴に、肉棒を押し込む。

ヌポリ……。

女の恥穴に、肉棒は呑み込まれる。

「こ、これは……よ、予想以上に、は、恥ずかしい。あ、でも、ナリウス殿のおちんちんが入っていると思うと、ああ、これはこれでいいかも……」

アナルを初掘りされたガネットは、実に見事なアヘ顔になって喜ぶ。

その背中を見下ろしながらナリウスは、内心で苦笑する。

(いやはや、まさに完堕ちですね。真面目な女ほど、堕ちだすと歯止めが利かなくなるものですが……。ふふ、しかし、そろそろ潮時ですかね。わたしももう三十歳ですから、毎晩、三発以上抜かれるのはさすがにきつい)

男に三つ穴を捧げて歓喜している牝を見下ろしつつ、ナリウスは悪謀を巡らせる。

※

「敵襲────っ！　敵襲だ！」

ヒルクライム王国の台所というべき都市レイムは、山賊の襲撃を受けて騒然としていた。

腐った国家とはいえ、税金を集めておく施設である。警備は万全だった。

しかし、山賊たちは思いもかけないところから、次々と湧いてくるのだ。

「ちきしょう！　なんだってこんなところから」

翻弄された警備兵たちは嘆く。

「バカな！　これでは我らの布陣が完全に露見しているようにしか思えん」

「泣き言を言うな。いまは物資を守ることを最優先にせよ。ここは国民の血税を預かる施設だぞ」

戦火の中をガネットもまた、剣を持って駆けていた。

（たしかに、なんなんだ。この襲撃は、すべてが読まれている。……内通者がいた？）

倉庫からごっそりと物資を強奪される。それを追いかけたガネットは、山賊の指揮官と思しき男を遠目に見た。

「……あれは？　……まさか⁉」

その男の姿をガネットが見間違うはずがなかった。

「どうして……？」

　ガネットが目にした男。それは彼女の私生活のすべてだった。

　背の高い、浅黒い肌をした、商人らしく言葉遣いは丁寧で腰は低いのに、ちょっとした拍子に悪そうに見える、ミステリアスな男。

「ナ、ナリウス殿」

　その名を口にしたとき、ガネットの中ですべてが繋がった。

　連日の睦言《むつごと》の最中、ガネットは砦の警備についての詳細を、ナリウスに語っていたのだ。

　おそらく、商売に役立てるつもりなのだろう、と思っていた。少し罪悪感を覚えないでもなかったが、だれに迷惑をかけるわけでもないと考えていたのだ。

　商売に使う。その認識は間違いではなかった。ただし、ナリウスの商売が山賊だったというだけのこと。

「わたし、利用された……」

　ハニートラップにかかったことを自覚したガネットは、全身の血が凍っていくのを感じた。

第四章　自立した女

「上手くいったな！」

物資集積地レイムの襲撃に成功したナリウス率いる解放軍は、大量の物資を数十輛の荷馬車に乗せて意気揚々と撤退していた。

かつてない大戦果に、『顔の焼けた女山賊』パルミドも興奮を隠さず、ナリウスに抱き着いてくる。

「さすが、あたしのダーリンだ。悪知恵の回ること、悪魔の如くだな」

「いやいや、オレのダーリンだ。世のため人のため働くこと、まさに大英雄の風格だ」

女勇者ヒタマも負けじと、ナリウスに抱き着く。

「はぁ～、まったく、この人たちは……」

ラクウェルは頭痛がすると言いたげに、能天気な女たちを横目で見る。

そんな中、御者をしていたローラが注意を喚起した。

「まだ、気を抜くのは早かったみたいですよ」

荷車の行列が急停止する。

「何事だっ⁉」

驚いた山賊、もとい解放軍の面々は、慌てて荷車から顔を出す。

荷馬車の進行方向の道の真ん中に女騎士が独り、立っていた。

灰褐色の髪の長く伸ばした襟足を風になびかせ、青い胸鎧を着け、赤い腰覆いを羽織っている。脚を覆うグリーフは太腿を大胆にさらし、黒いパンツも見せていた。

ヒルクライム王国の女騎士としては典型的ないでたちだ。

戦いに生きる女騎士にしてはいささか小柄。クリスタルでできているかのような秀麗な顔立ち、手足が細く長い。いかにも俊敏そうな肢体には、どこか野生の猫科動物のような気高さと力強さを感じさせる。

ヒルクライム王国の騎士装束のデザインは、まるで彼女のためにあつらえたのではないか、と思えるほど似合っていた。

傍らには馬が泡を吹いて潰れている。先回りするために、強引な乗馬を行ったのだろう。

「独りだと？　……なんてバカな女だ」

「やっちまえ！　最後にデザートまでついてきたぜ」

山賊。もとい、解放軍の面々は、身の程知らずな女に向かって殺到した。

その数、十人ほど。

シャン！

赤い腰覆いをひるがえした女騎士は、無言のまま腰剣を抜いた。

ガシャガシャガシャガシャ……。

刀身が幾つにも分裂する。いわゆる蛇腹剣だ。

鞭と剣のいいとこ取りをした武器であり、扱いは恐ろしく難しい。魔法を流すことによって、初めて武器として成り立つ。

ブン！

ヤマネコを思わせる女騎士は、右手に持った蛇腹剣を無造作に薙ぎ払った。

剣ではなく、鞭の間合い。

十人を超える大の男たちが、一薙ぎで吹っ飛んだ。

シャンシャンシャンシャン……

女が右手を天高く掲げると、涼やかな音とともに、蛇腹剣は一本の刀身に戻る。

「強いぞ。気を付けろ」

女独りと侮っていた山賊。いや、解放軍の面々は表情を引き締める。

その光景をナリウスも見ていた。

「あれは……ガネットさんか」

ここ一週間あまり毎日デートをして、夜を共に過ごした相手である。ナリウスは、馬車から降り立つ。

自分たちの頭目が歩み出たことで、解放軍の面々は道を空ける。

「っ⁉」

ナリウスの左右の腕には、パルミドとヒタマが抱き着いたままであった。

それはおそらく、ガネットがもっとも見たくなかった光景であろう。

自分の愛した、そして、愛されたと思った男が、実は軽薄な色男に過ぎなかったのだ、ということを突き付けられたのだ。

胸の内から湧き起こるどす黒い感情を抑えて、ガネットは口を開く。

「やはり来ましたね、ナリウス殿。ここの抜け道を教えたのは、わたしですからね」

「そうですね。ガネットさんのおかげで、すべて上手くいきましたよ」

「なるほど、わたしは嵌められたようですね」

半身となったガネットは、蛇腹剣の切っ先を女の敵に向ける。

「確認します。あなたは巷で話題の山賊の頭目ナリウスで間違いありませんね」

「違います。このヒルクライムという土地を憂い、解放軍を率いるナリウスです」

「……」

ナリウスの訂正を、ガネットは黙殺した。

「あなたは、わたしを騙すために接近し、そして、利用したのですね」

「ええ、まぁ、結果的にそういうことになりますね。しかし、わたしがあなたに惹かれたという部分にウソはありません」

「……」

据わった目のガネットは、ナリウスの周囲にいる女たちを見る。

パルミド、ヒタマ、ラクウェル、ローラといった面々がいることで説得力は零だっただろう。

ガネットは、軽く空を見上げる。

青い目に涙が溢れようとしているのを、必死に抑えていたようだ。

「そうですよね。わたしみたいな女を、口説く男なんていないですよね。わかっていました」

「いや、ガネットさん、いつも言っているようにあなたは十分に美人ですよ」

そこにパルミドがまぜっかえす。

「だけど、貧乳だよね。あたしのナリウスは胸の大きな女が好きなのよ」

これはガネットの美貌に嫉妬したがゆえの揶揄《やゆ》であっただろう。しかし、ガネットは冗談の通じる女ではなかった。

怒りに握り拳を震わせる。

「わたしの他に女がいるかも、とは予想していましたけど……乳デカ女ばかりそんなに侍《はべ》らせて」

「あ……いや、いや、女の魅力に胸の大きさは関係ありませんよ」

ナリウスのフォローを、周りの女たちが台無しにする。

「いや、あるでしょ。大きなおっぱいが嫌いな男はいないから」

「おっぱいは大きさではなく、形が大事とかいうのは、負け犬の遠吠えだよな」

パルミドとヒタマは意気投合してゲラゲラと笑う。

これは同じ男にやられた女同士という連帯感と、ガネットの美貌を認めたがゆえの嫉妬を混ぜた冗談だったのだろう。

大人の女のローラは苦笑して肩を竦める。

その後ろに控えていたラクウェルは、ひそかに大ダメージを受けてよろめく。

そして、言葉の刃を浴びせられた当のガネットもまた、女らしさというものに人一倍コンプレックスを持っていただけに、傷口に塩を塗られていた。

それと察したナリウスは、場の空気を変えるために朗らかに話しかける。

「あとで迎えに行こうと思っていたのですが、ここで会えてよかった。さぁ、ガネットさん。一緒にいきましょう」

応じるガネットの表情も声も、冬の朝の霜柱のようであった。

「どこにですか？」

「それはもちろん、わたしとともに作る新しい世界です」

にこやかなナリウスの誘いに、ガネットはニコリともせずに真顔で応じる。

「わたしは、ヒルクライム王国に剣を捧げた騎士です。この国の王を、民を、秩序を守る者です」

瞳孔の開いた目で見つめてくるガネットに、ナリウスは優しく語りかける。

「だから、この国を、民を守るために協力してください、とお願いしているのです」

「言い訳は無用っ！」

もう我慢の限界といった様子で、ガネットは叫ぶように言葉を遮った。

「犯罪者にも言い分はあるでしょう。親を殺そうと、子供を売ろうと、親友を裏切ろうと、恋人に売春をさせようと、言い訳のしようはあるものです。しかし、そのような妄言は、聞くに堪えない。騎士とは、己の正義によって悪人を斬ることを許された者に与えられた称号です」

「ガネットさん、あなたは正義感を持った立派な人だ。それゆえにこの国のありように疑問を持たないはずがない」

「ナリウス殿、いや、ナリウス。あなたは本当に口が上手い。だから、わたしもついほだされてしまった。あなたのような魅力的な方が、わたしのような色気のない男女《おとこおんな》を本気で口説くはずがないのに……」

必死に堪えていた大粒の涙が、アイスブルーの瞳から溢れた。

「ガネットさん。あなたは自分への評価が低すぎます。あなたのような美しい方と恋仲になれて、わたしは本当に嬉しかったのですよ」

「もうあなたの言葉は、一片も信じられない」

「……」

さすがに言葉に詰まるナリウスに向かって、頬を濡らしたガネットは、憑き物が落ちたような爽やかな笑みを浮かべた。

「いい夢を見せてもらいました。しかし、いま夢は覚めました」

そして、次の瞬間、ガネットの表情は激変した。殺気の塊となる。

「国を乱す極悪人ナリウス、あなたをここで成敗します」

ガシャガシャガシャガシャ
蛇腹剣が分解していく。

「待て、待ちなさい。ガネット、わたしの話を」

「あなたの紡ぐ言葉はウソばかり。もはや、あなたの戯言を聞く耳はありません。自分の不始末は自分で付けます」

タン！

ガネットは大地を蹴った。

青い女騎士の体が、疾風のように近づいてくる。

「ダーリン、退《ひ》け。その女、マジだ」

ナリウスのまえにパルミドが進み出た。

ブン！

ガネットが蛇腹剣を薙いだ。

刀剣の間合いでは決してあり得ない距離を襲う。

パルミドの大斧が弾く。

「ツヨッ！」

斬撃の重さにパルミドは驚嘆の声をあげる。

大斧と蛇腹剣で激しく打ち合う一騎打ちとなった。

ガシャ！　ガシャン！　ガツン！

得物同士が打ち合わされる。というよりも、宙に舞い上がったガネットが蛇腹剣を振るい、それを大斧で受けるパルミドは防戦一方だ。

鞭のようにしなる蛇腹剣に、幾度か体を捕らえられたパルミドは、魔法障壁でかろうじて耐えながら叫ぶ。

「あんた、ナリウスの女なんだろ。変な意地を張ってないで、素直についてくればいいだろ」

「黙れっ！」

怒りに任せた一撃を大斧の柄《え》で受けて、パルミドの両足は地面に二本の溝を作りながら滑った。

「ちー、この石頭め。こうなればぶんなぐって気絶させて連れていくしかないか。みなで一斉に飛び掛かって取り押さえろ！」

自分一人の力では抑えられないと悟ったパルミドの指示に従って、元騎士である山賊たちの中でも十人あまりの精鋭が、猛る女騎士に襲い掛かった。

しかし、ガネットはまったく寄せ付けない。

山賊たちが手加減して捕らえようとしているせいもあるだろうが、それ以上にガネットの動きが尋常ではないのだ。まったくついていけていない。

「すごいな、彼女。あんなに強かったんですか……」

ガネットと幾度も肌を合わせたナリウスだが、戦っているさまを見たのはこれが初めてであった。

そのあまりにも鮮やかな体捌《たいさば》きに、思わず感嘆してしまう。

「柄の長い武器なんて、懐に飛び込んでしまえばこっちのものだ」

鉄拳の女勇者ヒタマが、ガネットの背後に回り込んだ。そして、右の拳を振り上げる。

ガネットは慌てず騒がず、まるでそこに敵が来ることがわかっていたかのように、瞳すら向けずに右足を豪快に蹴り上げた。

「ぐぇ」

ビキニ鎧の急所である腹部を打ち貫かれたヒタマは、胃液をぶち撒けて吹っ飛ぶ。

ナリウスの手駒の中でも、個人武勇ではもっとも優れた者が、不意を突いてなお太刀打ちできなかったのだ。

「強いなんてもんじゃありませんね」

このままでは何十人投入しても、勝てる気がしない。

これまでのナリウスの、ガネットに対する認識は、男擦れしていない、自己評価の低い美人というものに過ぎなかった。

田舎の剣術大会で優勝したため、王都に出てきて騎士になった。とは聞いていたから、強いのだろうとは思っていたが、ここまで尋常でない強さとは夢にも思っていなかった。

ピリピリと張りつめた雰囲気は、一切の甘さがなく、触れれば切れる。まさに天下無双の風格だ。

いまの彼女の状態から、男の腕の中でトロトロになっていた痴態や、中出しされたあと、いつまでも逸物にしゃぶり付いていた痴女然とした表情を想像できる者はいないだろう。

翻弄される手下たちの醜態を見ていたパルミドは、苦い顔で吐き捨てる。

「足技を使うということは、花流星翔剣だね。まったく厄介な」

「花流星翔剣？」

「女のための剣法として、その筋では有名なのさ。男の金玉を容赦なく蹴り上げるってね」

言われてみると、山賊たちの幾人かは、金玉を蹴り潰されて、泡を吹いて悶絶している。

「それは恐ろしい」

鼻白むナリウスに、ラクウェルが注意を喚起した。

「彼女を説得するのは、いったん諦めましょう。これ以上、ここで時間を食うわけにはいきません。いまは逃げることが最優先です」

たしかに、現在こそガネット独りとはいえ、いずれ混乱から立ち直った正規軍が、奪われた物資を取り戻すために追いかけてくるだろう。

そうなれば数は力だ。圧倒的な戦力で覆滅される。

「それしかないか。負傷した者を馬車に乗せてやれ」

ナリウスもまた荷馬車に飛び乗ると、御者のローラに急発進させた。

数十台の馬車に襲われて、いかな狂戦士といえども、慌てて横に飛びのく。

「ガネットさん、また迎えに来ますよ。ふぅ～」

一時の別れの挨拶をしてナリウスは、馬車の中で安堵の溜息をつく。ガネットの乗馬はここにくるまでに体力を使い果たしている。いまさら駆けることは不可能だろう。

しかし、ことはそれで終わりではなかった。

「逃がしません」

ガネットは駆けだす。

荷台から後ろを見たラクウェルが悲鳴をあげる。

「ひぇぇぇぇ、あの人、馬車と同じ速度というか、馬車より速く走っていますよ。追いつかれます」

「なんという執念」

パルミドも驚く。

「目がマジです。あれ、本気でナリウスさんを殺る気ですよ。あそこまで恨まれるって、いったい彼女になにしたんですか？」

「えっとそれは……」

ラクウェルに詰め寄られたナリウスは、自分の所業を振り返る。

いっぱい偽りの愛を語ってその気にさせ、ファーストキスと処女を奪い、包茎だったクリトリスをズル剥けにし、子宮口を突きまくって、何度も膣内射精をし、アナルが拡張するほどアナルセックスをし、暇さえあればフェラチオをさせ、おしっこを喜んで飲む女に仕込んだ。……とは、さすがに答えられない。

「ローラ、速度を上げろ。振り切れ」

いかにガネットが健脚を誇ろうと、馬車の速度にそう長い距離はついてこれないだろう。

その思惑は功を奏し、広場を抜けて山林に入ったころには、ガネットを引き離すことに成功した。

しかし、安堵したのもつかの間だ。

なんとガネットは山道を通らずに、森を突き抜けて、蛇行する道をショートカットした。

「と、跳んだ――っ!?」

ラクウェルが悲鳴をあげる。

天高く跳び上がったガネットは、空中で蛇腹剣を大きく振りかぶり、そして、鋭く振り下ろした。

ドカン！

馬車が破壊される。

投げ出されたナリウスは、とっさにラクウェルを抱きしめた。背中を大地に打ち付けて、激痛が走る。

「ナリウスさん！」

「ラクウェルさんは大事ありませんか？　あちらに」

蛇腹剣を持ったガネットが歩み寄ってくる反対側に、ラクウェルを押しやった。

ナリウスが女をかばった光景に、ガネットはいらっとしたようだ。

ドカ！

一気に間合いを詰めたガネットは、ナリウスの胸を蹴り飛ばした。

「ぐはぁ」

大口を開けたナリウスは悲鳴すらあげられず、吐血した。

肋骨を何本かへし折られたようだ。

悶絶するナリウスの顔を、ガネットの左足が踏みつける。そして、酷薄な青い瞳で見下ろしてくる。

「覚悟は決まりましたか？」

「そうですね。愛する女に殺されるなら本望でしょう」

「また戯言を」

般若の形相のガネットは、蛇腹剣の柄《つか》をきつく握った。

「山賊は縛り首が原則です。しかし、あなただけは、わたしがこの手で殺さないと気が済みません」

憤怒のままにガネットは、蛇腹剣を頭上に大きく振りかぶる。

そして、力任せに振り下ろ……そうとしたが、できなかった。

ガシャン！

刃が木の枝にひっかかったのだ。蛇腹剣は射程が長い分、森のような障害物の多い地形では不利な武器である。

それと気付かなかったあたり、ガネットも冷静ではなかったということだろう。

そして、その一瞬の油断が、彼女の本懐を阻んだ。

弓矢が横殴りの雨のように降り注いだのだ。

舌打ちをしたガネットは後方に飛びのきながら蛇腹剣を振るって、襲い来る矢をすべて叩き落とす。

「ちっ」

しかし、ナリウスとの距離ができてしまった。

「なにがなんでもダーリンを助けろ。いまダーリンにもしものことがあったら、あたしらの悲願は水泡に帰すぞ」

パルミドの檄《げき》を受けた山賊たちが、決死の覚悟で突っ込んだ。

ナリウスは姑息な手を使うし、女の一番いいところをかっさらっていくし、決して人望のある存在ではなかった。しかし、彼がいなければ、ここまで大きな反国家組織を作れなかったことは、みなが自覚していたのだ。

今度は、ガネットを捕らえようなどという甘い雰囲気はない。

武器の有利がなく、人数でも負けている状態である。

不利を察したガネットは、頭上に蛇腹剣を突き上げ、木の枝に絡ませると、それを支点として後方に飛びのく。

「ナリウス、その命、今日のところは預けておく。しかし、覚えておけ。いずれ必ず、わたしが頂戴する」

逃げるガネットを山賊たちは追いかけなかった。無意味であるし、追いつけたところで勝てる気がしなかったからだ。

「はぁ～、ようやく引いてくれました。とんでもない人でしたね」

ラクウェルが肩を落として、大きく溜息をつく。

「ああ、あんな化け物と二度と戦いたくないが、そうも言っていられないだろうな」

腕組みをしたパルミドは、苦々しく吐き捨てる。

※

「う、うむ……」

ナリウスが目を覚ますと、眼前に不安そうなラクウェル、パルミド、ローラ、ヒタマといった女たちの顔があった。

「よかった。気付かれましたね」

首に抱き着いてきたラクウェルの頭を撫でてやりながら、ナリウスはここが解放軍のアジトにある、自分の部屋の寝台であることに気付く。それからガネットにボコボコにされたことを思い出した。

「どうやら心配をかけたようですね……」

「まぁ、店長のような方が死ぬはずはないとみな思っていましたけどね」

店長代理のローラが笑う。

ナリウスは、上体を起こして体の確認をする。痛みはない。どうやら寝ているうちに魔法治療を施されたようだ。

「わたしは何日ぐらい寝ていましたか？」

「あの魔剣士に蹴り飛ばされて、三日ほど生死をさまよっていました」

「それは迷惑をおかけしました。あれからどうなったか？　情勢の説明をお願いします」

ナリウスの問いに、顔に火傷のあるパルミドが嬉しそうに答える。

「まぁ、最後に思いもかけないアクシデントはあったが、予定通り物資の強奪には成功した。あたしらの戦力は飛躍的に向上し、各地から解放軍への参加者が増えている。今回のことでダーリンの名前は間違いなく全国区になったよ」

官僚になりそこなった女ラクウェルは、不安を隠し切れない顔で応じる。

「国家としても、もはやナリウスさんの存在を捨て置けないでしょう。今度こそ本格的な討伐軍が派遣されるようです。実は、ナリウスさんが寝ている間に、一揆鎮圧軍の総大将となった姫将軍ウェルドニーの名で宣戦布告がありました」

山賊討伐に、国王自らが出向くことはない。そんなことをしたら、山賊を対等な敵と認めてしまったことになるからだ。

それゆえに、数いる将軍の中でも、次期国王の座を狙うウェルドニーが点数稼ぎに志願したのだろう。

また私憤という意味でも、ナリウスに女衒の仕事を潰されていることもあって、恨みに思っているであろうことは想像に難くない。

「今回ばかりは逃げるというわけにはいきませんね」

「ああ、間違いなく決戦となる。そして、勝てばダーリンはこの国の新たな国王だ」

意気上がるパルミドとは逆に、ラクウェルはどこまでも不安そうだ。

「そう簡単ではありません。解放軍に参加する者たちが戦力としてどこまであてになるのかわからないのに、相手は正規軍です。それに、あのガネットさんという方もまた、絶対にナリウスさんを狙って特攻してきますよ」

「女の恨みは恐ろしいですからね」

ナリウスの感想に、「あんたが言うな」と女たちが笑う。

「しかし、ガネットさんを仲間にしそこなったのは予定外ですね。それに、あそこまで強い人だなんて予想もしておりませんでした」

さんざん肌を合わせた相手だというのに、その戦闘力を見誤るなど間抜けな話だ。

ローラが口を開く。

「そのことなんだけど、商人の伝手《つて》を使って八方手を尽くして彼女のことを調べてみました。どうやら、幼少期に村に訪れた放浪の女剣士、花流星翔剣の高弟ミリアに手ほどきを受けたようです。そのあまりの強さゆえに、特別推薦で騎士になったそうですよ」

「なるほど……」

　あの整いすぎた美貌と、強すぎる腕前ゆえに、異性には敬遠されていたのだろう。それゆえに自分の女としての魅力に自信を持てなくなってしまったというのは悲劇である。

「できたら、彼女とは戦いたくないのですが、あの様子では、それも難しいですね」

「はい。不可能だと思います」

　ラクウェルは迷いなく断言した。パルミドも賛同する。

「彼女を捕らえるように、なんて甘い指示は出すなよ。そんなこと言ったら兵士たちに迷いが生じる。あたしらにはそんな余裕はないからな」

「わかっていますよ。ここからは本当の殺し合いです」

　覚悟の決まったナリウスの顔をじっと見ていたラクウェルが、思いつめたような顔で口を開いた。

「ナリウスさん、一つ献策があります」

「なにか？」

　ラクウェルは居住まいをただした。

「この国が腐っているということは、よくわかりました。ナリウスさんのやり方で、ヒルクライム王国を滅ぼすことは可能だと思います。しかし、その後が問題です」

「その後ですか？」

生き残るのに必死で、ヒルクライム王国を滅ぼすことしか考えていなかったナリウス、及びその側近たちは困惑顔になる。

「はい。いまでこそ、近隣諸国はこの国を放置しています。しかし、ナリウスさんが下剋上することを容認しない可能性があります。新国家ができたところを、近隣諸国から狙われたらひとたまりもありませんよ。後ろ盾を用意しておくべきです」

「後ろ盾ですか？　我々の後ろ盾になってくれるような国がありますかね」

ラクウェルは厳《おごそ》かに告げた。

「オルシーニ・サブリナ二重王国を頼ってはいかがでしょう」

「かのセリューンの傘下になれと？」

「はい。セリューン陛下の考えを記した本を読みました。かの王は多様な国家連合による世界秩序を考えているようです。これは建前かもしれませんが、少なくとも現在、かの国は北のドモス王国との決戦を控えています。味方になると言ったら歓迎してくれるでしょう」

正直なところ、ナリウスの側近たちは外国にまで目を向ける余裕がなく、なんら見識を持っていなかったので、意見ができなかった。

ナリウスは考えながら応じる。

「ふむ。しかし、この情勢下で、外国に密使ですか。その者は命懸けですね」

弁の立つ優秀な人間を派遣しないと、舐められる。だからといって、このような交渉を任せられる人材は、ナリウスには少なかった。

一番いいのはナリウス自身が出向くことだろうが、決戦を目前にしたいま総大将が国外に出るなどあり得ない。

「わたしが使者となります」

「ラクウェルさんがですか？　いや、ダメです。危険すぎます」

露悪ぶるのが好きなナリウスであるが、ことラクウェルにたいしては妙に素直というか、過保護なところがある。

それと知っているローラやパルミドは、ヤレヤレといった顔で視線を交わす。

「こういう場合、言い出しっぺが汗を流すものですよ。それに、わたし以上の適任者はいないと思います」

官僚志望だった元女学生は、自らの薄い胸を叩いた。

「しかし」

「店長。ラクウェルちゃんにも人生経験を積む機会を作ってあげないとダメですよ。かわいい子には旅をさせろと言うでしょ」

ローラにたしなめられたナリウスは、しぶしぶながら許可を出した。

「わかりました。お願いします」

「お任せください」

自分の仕事を見つけたラクウェルは、満面の笑みで請け合った。

※

「では、行って参ります」

二重王国に旅立つまえにラクウェルは、ナリウスの部屋に挨拶にきた。

「ご苦労をおかけします。はい、この書類をお持ちください。ラクウェルさんがわたしの代理人であり、ラクウェルさんの話すことは、そのままわたしの話すことと同じである、と証明する信任状です」

ナリウスは、まるで娘の初出社を見送る父親の心境である。

「大変な旅になると思います。くれぐれも気を付けてください。わたしの手駒の中で、国家の運営を考えられるのはあなただけですよ。あなたにもしものことがあったら、わたしが国を盗むことに成功したとしても、維持できる自信がありません」

不意にラクウェルは、菫色の長髪を傾げた。

「そういえば前々から気になっていたんですけど、ナリウスさんは女好きなのに、なんでわたしには手を出そうとしないんですか？　わたしにまったく興味がないというわけではありませんよね。この間は、身を挺して守ってくれましたし……」

ナリウスは軽く瞬きをしてから苦笑した。

「いや、なんというか、ラクウェルさんは悪党のわたしには眩《まぶ》しすぎる。それだけのことですよ」

「眩しい……ですか？　わたしが」

まったくそんな自覚がなかったようで、ラクウェルはきょとんとした顔になる。

「ええ、わたしは所詮、悪党です。その場、その場を小手先の技で乗り切っているにすぎません。それに対してラクウェルさんは正道を歩む。今回も、二重王国を巻き込んで、その傘下に入るなんて、見事な政治判断です。わたしでは思いつきもしませんでした」

「そ、そうでしょうか？」

才を褒められたラクウェルは、嬉しそうにはにかむ。

その菫色の頭髪を、ナリウスは撫でてやる。

「わたしはたぶん、ヒルクライム王国を滅ぼすことはできる。しかし、わたしでは、新国をまともに維持できる気がしない。だから、新王はラクウェルさんに譲ろうと考えているんですよ」

「はぁ？」

あまりにも唐突なことを言われて、ラクウェルは頓狂な声をあげた。

「なんの冗談ですか？」

「わたしは本気ですよ。以前、ラクウェルさんも言っていたじゃないですか。店の経営と、国家の運営は別物だってね。わたしは店の経営しかできない男です」

ラクウェルは顔を真っ赤にして叫ぶ。

「いやいや、いまナリウスさん以外に国王にふさわしい人はいませんから、いまさらそんな弱気なことを言わないでください」

「ですが、国の運営の才はラクウェルさんのほうがはるかにありますよ」

ラクウェルは呆れた声をあげる。

「わたしだってただの学生です。国家運営になんか自信がありませんよ。でも、ナリウスさんのために一生懸命に頑張りますから。それでもわたしの才能が欲しいなら、取り込んでしまえばいいじゃないですか」

「取り込む？」

ラクウェルが言わんとしていることがわからず、ナリウスは瞬きをする。

「だから、他の女の人たちにしているみたいに、エッチして、自分の女にしてしまえばいいじゃないですか。そうなれば、わたしの才能も、実力も、すべてナリウスさんのものですよ」

「いや、そういうわけには……その言い分ですと、まるでラクウェルさんは、わたしに抱かれたいように聞こえますが？」

「はい。そう言っているのです。本当は今回の仕事を成功させてから、ご褒美として抱いてもらおうと思っていたんですけど……。この際です。いまお願いします」

十代の小娘に恥じらいもなく堂々と宣言されて、三十路男はいささか面食らう。

「それとも、わたしみたいな尻の青い娘は、エッチする気になれないんですか？」

どう返事をしていいかわからず硬直しているナリウスに、ラクウェルは詰め寄る。

「たしかにまだ色気とか、そういうものはないですけど……。処女なんだから仕方ないじゃないですか」

そう言ってラクウェルは、ナリウスの眼前で服を脱ぎだした。

「ちょ、ちょっとラクウェルさん？」

困惑するナリウスの見守るまえで、ラクウェルは名門学校の制服を脱ぎ捨てた。

中から現れたのは、真っ白い肌になで肩の体。白いコットンのブラジャーとショーツという、シンプル極まる下着だ。まさに清貧の女学生といったところだろう。

ラクウェルは両手を背に回し、ブラジャーも外した。

あらわとなった乳房は決して大きくはない。ガネットよりも小さい。とはいえ、ラクウェルはまだ十代。ここから大きく成長する可能性は十分にあるだろう。

パンツ一枚となったラクウェルは、軽く赤面しながらもナリウスの両肩を抱き、顔を近づけてきた。

「ナリウスさんが女にして、色気とかそういうものは植え付けてください。わたし、ナリウスさんにやられたら、絶対にいい女になってみせますから」

震える純真な唇が、擦れた男の唇に押し付けられる。

「う、うむ、ふむ……」

ナリウスが動かないことをいいことに、ラクウェルは一方的にナリウスの唇を舐めた。

やがて接吻を終えたラクウェルは、そのまましゃがみこんで、ナリウスのズボンを下ろす。

あらわとなった逸物は、まだ大きくなっていなかった。

「……」

軽く失望の表情を作ったラクウェルは、まだ小さな逸物を摘まむと、肉袋ごと口に含んだ。

「それは、さすがに……」

柄にもなく動揺したナリウスであったが、唾液の海で踊らされた逸物は、たちまち隆起を始めてしまった。

喉を突かれたラクウェルであったが、慌てず騒がず肉棒が伸びるにしたがって、ゆっくりと吐き出していく。

そして、唾液に塗《まみ》れた巨塔を見上げて満足げに笑った。

「大きくなりましたね」

「どこでそんな技を？」

清純な顔とは裏腹な逸物捌きに、ナリウスは戦慄してしまった。ラクウェルのほうは澄ました顔で胸を張る。

「それはナリウスさんがいろんな女性をコマしているさまを近くで見てきましたから、いやでも覚えますよ。こうすると気持ちいいんでしょ」

大きくなった肉竿を両手で持ったラクウェルは、肉袋の中の二つの睾丸を愛しげにペロペロと舐める。

それから裏筋をゆっくりと舐め上げてきた。亀頭部に達すると、その裏にある陰茎小帯を左右にペロペロと舐める。

（くっ、これはローラのやつがよくやる技だな）

学ぶこととは真似ること。先輩の技をきっちりと模倣してきた優等生は、悶える男の顔を見上げて楽しげに笑う。

そして、亀頭部からカプリと咥えると、ジュルジュルと音を立ててすすり上げてきた。

上目遣いに、ナリウスの顔を見ながら、頭を上下させ、唇の裏で亀頭部の鰓《えら》を刺激してくる。

これは淫乱女なら、だれでもやることではあるが、真面目そうな少女にやられると破壊力が倍増する。

（まさかラクウェルさんが、わたしのちんぽを咥える日がくるとは……）

三十歳のナリウスにとって、十八歳のラクウェルは、生まれたときから知っている近所の娘だ。ラクウェルの両親が亡くなっていることもあり、なんとなく親代わりのような気分さえ味わっていた。

そんな内心では娘のように思っていた少女の、真摯なフェラチオのまえにはいかに女慣れした大人の男でも翻弄される。

（だ、ダメだ……）

小娘の舌技のまえに、黒光りした男根は敗北した。

ドビュッ！　ドビュッ！　ドビュッ！

噴き出す精液をラクウェルは、驚きもせずに口内で受け止める。

射精が終わると、慎重に半萎えの逸物を吐き出したラクウェルは、ナリウスに向かって口唇を大きく開いてみせた。

白濁液の乗った舌をいったん出してみせてから、口内に戻し嚥下する。

これは最近、パルミドがよくやってくる挑発行為だ。

（まだ処女の癖に、もう男を喜ばせる手管の数々を心得ているとは、なんて末恐ろしい小娘なんだ）

ゾクゾクと肌が粟立つような興奮に襲われたナリウスは、諦めの溜息をつく。

「まったく、ラクウェルさんにはかないませんね」

「それじゃ、わたしを抱いてくれますね？」

「ええ。ただの使者よりも、次期国王の女だといったほうが、向こうは重要視してくれるでしょうしね」

ナリウスの返答に、ラクウェルは頷く。

「それに、今生の別れになるかもしれませんしね」

「縁起でもない。なにがなんでも生きて戻ってもらわないと困ります」

珍しく必死の形相のナリウスをまえに、ラクウェルは悪戯っぽく笑う。

「そうですね。なら、道中で襲ってきた男をメロメロにする技を教えてください」

「はぁ～……わかりました。わたしの負けです」

肩を竦めたナリウスは、得意げなラクウェルを机に座らせると、剥きだしになっていた乳房にとりついた。

その光景を見下ろして、ラクウェルは楽しげに笑う。

「あは、いまは小さいですけど、これからナリウスさんが揉んだり、しゃぶったりしてくれれば、大きくなると思います。わたしの母は意外と巨乳だったと記憶していますから」

ラクウェルの亡き母の面影を、思い出してナリウスは頷く。

「期待しています。しかし、わたしはおっぱいの大きさに拘りはないのですよ。魅力的な女性のおっぱいは大きかろうと小さかろうと魅力的ですからね」

まだまだ発育途上の乳房をぞんぶんに揉みあげ、まるで小梅のような左右の乳首を尖らせたナリウスは、机に座る少女の膝を開かせた。

白いコットンのショーツの股繰り部分は、失禁したかのように濡れており、中身の陰毛と割れ目を浮き上がらせている。

そこで濡れた布越しに亀裂を、指でなぞると、ぴったりと張り付いた女性器の凹凸が浮き出た。クリトリスの突起まではっきりと認識できる。

そんな濡れた薄い布越しに、執拗に指を動かす。

「ああ、ああ、そんな……ああ、気持ちいい、気持ちいいです。こんな気持ちいいの初めて。あぁ、ナリウスさんにやられちゃった女たちは、みんなこの気持ちよさの虜になってしまうのですね」

いくら淫乱の真似をしていても、ラクウェルのような年若い娘には、直接触れるよりも布越しの刺激のほうがいいだろうと判断したのだ。

ナリウスは左手で乳房を揉み、右の乳首を吸いながら、右手では執拗にショーツのクロッチを撫でた。

布の表面には毛玉ができ、穴が開きそうなほどに穿《ほじ》られる大人のテクニックのまえに、背伸びをしていた少女はトロトロになってしまう。

「ああ、ナリウスさん、わたし、もう……我慢できません。お願いします。わたしも、ナリウスさんの女にしてください」

発情しきった若い牝の懇願に、ナリウスは胸がドキンとした。

そこで彼女に残ったたった一枚の最後の砦たるショーツの左右の腰紐に手をかけると、膝を閉じさせてからゆっくりと引き下ろす。

「ああ……」

さすがのラクウェルも羞恥の吐息を漏らした。

ヌラヌラとした淫蜜が糸を引きながら、ショーツは足首から抜き取られる。

そして、ナリウスの眼前には薄い陰毛とともに、処女らしい濃密な香りが立ち上った。

(さすがに若いな。なんて匂いだ)

濃厚な処女臭を鼻から吸って脳裏を焼かれたナリウスは、ほとんど無意識に両手の親指を、肉裂の左右にあてがって、豪快にクパァと開く。

乙女のピンクパールのような秘肉が濡れ輝いていた。

陰核はすでに包皮から剥けだし、震えながら突起している。膣孔からもトロトロと蜜が溢れていた。

「これがラクウェルさんのオ○ンコですか？　才媛にふさわしい。綺麗な生殖器です」

完全に出来上がっている女の濡れた花に、ナリウスは口づけをした。

「あう、オ○ンコを舐められるのって、知ってはいましたけど……、これ、すっごく恥ずかしい……。でも、あのローラさんも、パルミドさんも、ヒタマさんも、ナリウスさんにオ○ンコを舐められているとき、すっごい幸せそうな顔しているんですよね。ああ、わたしも、みなさんの気持ち少しわかっちゃいました……。これ、気持ちいい♪」

男の頭を見下ろしながら、ラクウェルは官能の吐息をつく。

ナリウスの口内に、男の脳裏では甘く感じる女蜜の味が広がった。

二十代の旬な果実が好きだったナリウスだが、たまには十代の青い果実も悪くない。そんな気分になった。

「ああ、そんな、ナリウスさんの舌、舌が、ひぃ、気持ちよすぎる。ひぃ、そんな奥まで、ひぃ、オ○ンコ、奥の奥まで舐められちゃう、ああ、もう、ダメぇぇぇぇ！！！」

ナリウスとしては、それほど激しいクンニをするつもりはなかったのだが、無意識のうちに貪ってしまっていたようだ。

乙女の秘部をぞんぶんに舐め穿《うが》った挙句、処女膜まで舐めてしまっていた。

体から力の抜けたラクウェルは、机の上に仰向けに倒れる。

ラクウェルが絶頂したと気付いたナリウスは、慌てて顔を離す。すると、脱力して蟹股《がにまた》開きになった少女の膣孔がぱっくり開いており、白い半透明の処女膜まで見ることができた。

（さすがにこれ以上の前戯は不要ですね）

小娘相手に夢中になってしまったことを恥じた三十路の男は立ち上がり、まるで十代に戻ったかのように元気に再勃起している逸物を、無垢なる乙女の花園に添える。

「入れますよ」

「はい。よろしくお願いします」

強張《こわば》ったラクウェルの返事を聞きつつ、ナリウスはゆっくりと逸物を落としこんだ。

グニュ〜〜〜プツン……。

柔らかい処女膜を突き破った手ごたえを感じつつ、逸物は女の最深部にまで沈んでいく。

「ああ、大きい」

初めて男を咥えた小娘は、細い背筋を大きくのけ反らせる。

「大丈夫ですか？」

「はい。少し痛いですけど、ナリウスさんのおちんちんをようやく入れてもらえて幸せです。わたし、子供のころはナリウスさんのお嫁さんになりたくて……。夢がかなった気分です」

「そうだったんですか……」

ナリウスとしては、まるで娘の貞操を奪ってしまったような背徳感を覚えていた。しかし、それゆえにまた興奮してしまっているようだ。射精欲求が急速に高まる。

（いや、まて。十代の童貞小僧じゃないんだ。優しく丁寧に、破瓜の痛みに耐えているラクウェルさんを楽しませないと……）

大人の余裕を見せつけようと、ナリウスはゆっくりと腰を引いた。

「はぅ……」

ザラザラの襞肉が肉棒に絡みついてくる。

（くっ、さすがに若いだけあって襞が豊富ですね。この気持ちよさは犯罪的です）

ここで失敗したら、三十路男としてあまりにも情けない。

必死に表情を整えて大人の男の余裕を演じつつ、ラクウェルの細い両脚を揃えて右に投げ出させた。

つまり、右肩を下にさせた横位にしたのだ。

女は左右を非対称にされたほうが、感じる生き物だということを、漁色家の男は知っていた。それは処女といえども例外ではないだろう。

襞が豊富で、気持ちよすぎる小娘の膣洞に冷や汗を流しながらも、左右から締まる膣孔に向かってナリウスは腰をリズミカルに叩きこんだ。

「ああ、気持ちいい♪　ああん、ナリウスさんのおちんちんで、はぅ、ズコズコされるの気持ちいい♪」

悪い大人の計算通り、横位にされた小娘は破瓜の最中だというのに乱れ始めた。

「ひぃぃ、さすがナリウスさんです。わ、わたし、初めてなのに、気持ちよくて、ああ、イッてしまいそうです。ナリウスさんのおちんちんちゅごすぎる♪」

「それはよかった。それではわたしも一緒にイキましょう」

大人ぶった余裕を演じていたナリウスだが、内心は若い娘の猫の舌のようなザラザラの膣洞に追い詰められていた。

「わたし、もう、らめぇぇぇ」

顔を真っ赤にしたラクウェルが絶頂したのに合わせて、ナリウスもまた彼女の体内に向かって嬉々として射精してしまう。

ドビュッ！　ドビュッ！　ドビュッ！

右肩を下にして体を猫のように丸めたラクウェルは、ビクビクと痙攣する。

「ああ、ああ、ああ、入ってきます。あ、熱い液体、いや、子種が、ナリウスさんの子種を入れられている。こ、これは、ああ、気持ちいい♪　犯罪的に気持ちいいです♪」

破瓜の最中だというのに、ラクウェルは膣内射精をされて喜んでしまった。

（ふぅ〜、ヤバイなこのオ○ンコは）

若い娘に溺れるオジサンの心境が理解できた気がする。内心で冷や汗を掻きながら、ナリウスは逸物を引き抜く。

白い小尻を突き出して余韻に浸っていたラクウェルは、自分を犯した男に向かって笑い

かける。

「はぁ、はぁ、はぁ……これでわたしも、ナリウスさんの女の仲間入りですね。次期国王の女として恥ずかしくない仕事をして参ります、はぅ!? 溢れる！！！」

プシャッ！

横になって突き出された尻の奥にある膣孔から、赤い筋の混じった白濁液が勢いよく噴き出して、机の上に地図を作った。

こうして、大人になった少女は、意気揚々と二重王国の首都キュベレに向かって出発する。

第五章　女の意地

「この期に及んで、裏取引ですか？」

レイムの街の物資集積地を襲撃したナリウスと、彼の率いる解放軍の知名度は爆上がりした。

もともとヒルクライム王国は、度重なる戦争と内乱によって経済を崩壊させていたため、働けず食えない者は多く、結果、さまざまな犯罪が横行していたのである。

そんな中にあって、ナリウスは公然と国家の施設を襲い成功したのだ。

数多《あまた》ある山賊団の中にあって、完全に頭一つ抜けた存在になった。いわば、ヒルクライム王国の希望の星となったのだ。

しかも、山賊団でありながら、解放軍と名乗り、明確に国家転覆を標榜《ひょうぼう》しているとあって、各地の山賊団は、軒並みナリウスの配下となることを申し出てくる。

山賊といっても、元をたどれば逃散した農民と、没落した騎士家の残党と、逃亡した兵士たちだ。

社会に身の置き場のないアウトローたちである。

ナリウスは彼らに、食事を与え、仕事を与えた。仕事とはつまり、私的な交通料の徴収だ。

ヒルクライム王国は、国家の中に国家ができてしまったような形である。

そんな中、ヒルクライム王国からの使いと名乗る者が、ひそかにナリウスのもとにやってきた。

「ええ、略奪した品物の一部を我らに渡せば、お目こぼししてやるということです。悪い取引ではないでしょ」

どこまでも上から目線の男をまえに、ナリウスは首を横に振った。

「山賊の上前を撥ねようだなんて、この国の貴族はどこまで腐っているんでしょうね」

ナリウスの主張に、パルミドは物言いたげな顔をしたが、口には出さなかった。

「蛇の道は蛇ということですよ。持ちつ持たれつでいこうではありませんか」

「貴族さまにはかないませんな」

にこやかな笑みを浮かべて使者のもとに歩み寄ったナリウスは、その胸に短刀を突き刺した。

「ぐ……き、貴様……。正気か？　ぐはぁ」

「いまさら貴族の後ろ盾はいりません。わたしの目的はヒルクライム王国の打倒です」

短剣を抜いたナリウスは、周りにいた山賊たち、いや、解放軍の志士たちに命じる。

「この男の死体をさらしておけ。どういう理由できたかも、触れ回れ」

「は」

使者を斬ったのだから、即座に討伐軍が派遣されるのだろうとナリウスたちは覚悟したのだが、そうはならなかった。

「どうも前回の使者の態度に問題があったようで申し訳ありません。それでは本題ですが……」

再び同じ内容の使者がきたのだ。

ブスッ！

「ウェルドニー殿下は貴殿の才能を評価している。山賊などにしておくのは惜しい。貴殿の態度次第では、正式に叙任されることも」

ブスッ！

というわけで、ナリウスは使者を三度も殺すことになった。

死体の始末をする部下を見送りながら、パルミドは小首を傾げる。

「ここまで執拗に懐柔してこようとしているのは、ウェルドニーのやつはあたしらの力を恐れているということか？」

「単に金がないだけかもしれません。とはいえ、さすがに三人も斬ったのです。次はくるでしょう」

短刀の血糊を拭いながら、ナリウスは応じる。

その予想通り、使者を三度も斬られたことで、ヒルクライム王国もようやく重い腰を上げた。

「討伐軍の主将は王女ウェルドニー。率いる兵は三千人ぐらいです」

ローラが、その商人の人脈を駆使して情報を仕入れてきてくれた。

兵士を動かす以上、物資も動く。その量を見れば、動員される兵力もだいたい見当が付くというものだ。この辺は商人の見立てを信頼していいだろう。

「国境警備の兵を除いたヒルクライム王国の機動兵力のすべてといったところですかね」

ナリウスは平然と嘯《うそぶ》く。事前に予想された最大の兵力である。

「あたしらも、三千人ほどは集まる」

パルミドは大きな胸を張って請け合った。

「逃散した農民、流民、山賊。そして、近隣の村々から有志が参加する」

「村の有志ですか？」

軽く目を瞠《みは》ったローラに、皮肉っぽく笑ったナリウスが肩を竦めながら解説した。

「村々は、わたしにミカジメ料を払うようになって生活が安定したと喜んでくれていますよ」

ヒルクライム王国の秩序はないに等しかった。それをナリウスがもたらしたのだ。

少なくとも、ナリウスに金を払っていれば、山賊には襲われないのである。

逆に国に税金を払っても、山賊には襲われるのだ。

この違いは大きい。

「ヒルクライム王国の権威はそこまで落ちていたんですね」

現実を見せつけられたといった顔で、ローラは溜息をつく。

「とはいえ、大半は武器の使い方もよくわからない、自他ともに認める烏合の衆だ」

パルミドが苦々しげに応じる。

「まぁ、そう悲観することはないでしょう。敵の士気が高いとは思えませんから」

ナリウスが王都で商人をやっていたころから、ヒルクライム王国の兵士たちの給金は滞っていた。それがナリウスの割拠することによって、さらに滞るようになっていることは想像に難くない。

「士気は高いが、練度のない軍と、練度はそれなりだろうが、士気の低い軍の激突か。壮絶な泥仕合になりそうだな」

火傷のある顔を歪めたパルミドの観測に、だれも異議は唱えなかった。

「そういえば、ウェルドニーの魔法使いとしての技量がすごいことは想像できるのですが、将軍としての力量はどの程度なんでしょう？」

ナリウスの疑問に、パルミドの老臣が慎重に答えた。

「希代の名将というわけではない。とはいえ、精力的な将軍ではある。彼女の存在があるから、ヒルクライム王国はいまだに成り立っている、という側面は否定できませんな」

ヒルクライム王国の国王エノケンテスが健康なころは、外国に侵略しては失敗を続け、国内も反乱だらけ。まさに内憂外患を絵に描いたような国だ。

そんな中で華やかな姫将軍の存在が、国民の希望になっていることはたしかだろう。

「それを摘めば、ヒルクライム王国は終わりですね」

「左様に存ずる。あの愚劣なる国王に、崩れ行く国家を支える力量はなかろう」

ナリウスの確認に、老臣も認めた。

「ならば、この一戦で決めますよ。ヒルクライム王国の命運にトドメを刺す」

「御意。我ら、ここを死場と心得、全身全霊で備えまする」

ナリウスの檄に応えて、解放軍は打てる手をすべて打って、討伐軍に備えた。

といっても、ナリウスの麾下《きか》で軍事専門家といえるのは、パルミドの側近たちだけだ。

もっともらしい顔をして、軍議を差配しているナリウスだが、所詮はしがない商人である。用兵の知識はないし、戦争を指揮した経験などあるはずがない。

(軍人といっても、詰まるところは技術屋ですからね。技術屋の相手は慣れているつもりですから、上手く煽てて使うだけです)

パルミドと、その側近であるレンブラントの元騎士たちの提案してくる作戦を傾聴しながらナリウスは考える。

（しかし、まともにやったら勝てませんね）

騎士崩れの男たちは、それなりの用兵の知識を持っているのだろう。

しかし、所詮は滅びた家の騎士たちだ。一流とはいえないだろう。彼ら程度の人材ならウェルドニーの周りに間違いなくいる。

（まともに戦争をする必要はない。ようはウェルドニーを取り除《のぞ》けばいい。ヒルクライム王国軍は、ウェルドニーのカリスマだけで支えられている沈みかけの船だ）

地形をどうする、精鋭をどこに配置する、塹壕《ざんごう》を掘るだのといった専門的なことが話し合われている軍議の席で、不意にナリウスが口を開いた。

「パルミド、一つ秘策を思いつきました」

その提案した作戦を聞いて、パルミドとその側近たちは戦慄する。

「それはあまりにもあくどくはありませんか？」

山賊に身を落としてなお、騎士の誇りに拘っていそうな男が、青い顔で口答えをしてきた。

まともな用兵を学んだ者からは決して出てこない作戦だったのだ。それはナリウスが素人なればこそ思いついたといえるのかもしれない。

「戦争なんてものはやらないに越したことはありません。しかし、やるからには勝たなくては意味がないのです。正々堂々とやって負けたのでは、すべてが無駄になりますよ。わたしたちの目的は勝つこと、ただそれだけです。手段など選んでいる場合ではないでしょう」

ナリウスの主張に、パルミドは納得した。

「わかった。用意しよう」

「姫様っ⁉」

驚く手下たちをパルミドは一喝する。

「姫様はよせ！　あたしはもはやレンブラントの姫アスターシアではない。山賊だ。顔の醜く焼けただれた女山賊だ。勝つためならなんでもするさ。我らの悲願はこの一戦にある。おまえたちとて泥を啜ろうが、なにをしようが、復讐を遂げると誓ったのだろう。これが泥を啜るということだ」

「承知しました」

パルミドの覚悟のほどを知って、山賊崩れの男たちは首を垂れた。

※

「これはラクウェルさん。ご無事での帰還、まことに嬉しく思います」

ウェルドニー王女率いる討伐軍が、いよいよ山賊の根城《ねじろ》に近づいたとき、オルシーニ・サブリナ二重王国に出向いていたラクウェルもまた、山賊の根城に戻ってきた。

「しかし、荒事になりそうですから、もう少しゆっくりしていてくれてよかったんですよ」

「荒事になるなら、ゆっくりもしていられません」

生真面目に答えたラクウェルは、同行していた女性を紹介する。

「こちらはオルシーニ王国のリシュルさんです」

年の頃はまだ二十歳前後、と思える女だ。

青いビスチェとホットパンツという大胆なファッションに、直刀を背負っている。

細い手足がすらりと長いスレンダー美人で、白い肌は氷雪のようだった。硬質な顔に、切れ長の目元、ショートカットの髪は青い。その涼やかな美貌と相まって、青き月のように冴え冴えとした印象を与える。

まさにエージェントといった佇《たたず》まいだ。

「二重王国はわたしを支持してくれるのですか？」

「いえ、二重王国の国是《こくぜ》は地方自治です。土地のことは、その土地を愛する者がなんとかするべきもの。二重王国の御主君セリューンは、いかなる国の内政にも立ち入りません」

「ほぉ、それなのにあなたを派遣してくれたわけですか」

目を細めるナリウスの指摘に、氷雪で作られたかのような顔は微動だにしなかった。

「何事にも本音と建前はあるということです。この国の内情が酷いことになっていることは、浮遊城にも届いています。直接の支援はしませんが、アドバイザーぐらいはいたします」

「わかりました。つまり、わたしがこの国を盗っていいということですね」

「ご随意に……」

二重王国からの監視役は、礼儀正しく一礼した。

※

「お呼びと伺い参上いたしました」

討伐軍の陣屋でも、戦をまえに軍議が行われていた。

本営の置かれた巨大な天幕に、ガネットは足を踏み入れる。

天幕内には歴戦の将校が居並んでおり、新米の騎士には場違いであったが、ガネットは物怖じしなかった。

もし、いまのガネットを見たら、ナリウスは驚いたことだろう。

ナリウスと付き合っていたころの彼女は、美人ではあったが、どこかおどおどした自信のなさそうな女であった。

しかし、いまの彼女には、そのような弱々しさはない。目が据わっていて、まるで抜き身の剣のようである。触れれば切れるといった研ぎ澄まされた秋水の剣だ。

「あなた、花流星翔剣の達人だと聞いたわ。我が軍にあってナンバーワンの使い手ですって」

居並ぶ騎士の最奥に、孔雀を模した椅子を置き、長い脚を見せつけるように組みながらくつろいでいた女が、ねちっこい絡みつくような声をかけてきた。

華やかなピンク色のストレートボブの髪。甘やかな桃色の肌を、体の線がわかりすぎるほどにわかる衣装で身を包んだスタイリッシュを極めた装いだ。

そんな服装を好んで着ているだけあって、手足は長く、それでいて胸と尻は大きくて、腹部は括れている抜群のスタイルである。

紹介されるまでもなく、討伐軍の総大将ウェルドニーだ。

まさに絶世の美女ではあるが、王女様というよりも、夜の繁華街で極彩色のネオンを浴びながら、ポールダンスでも踊っているのが似合うような佇まいである。

「さぁ、わたしよりも強い者はいるかもしれません」

ガネットは入隊して、まだ一年にも満たない新米騎士である。全軍の猛者を知っているわけではない。

とりあえず、自分より強いと思える相手とは会ったことがないだけだ。

とはいえ、ガネットの勇名は、ウェルドニーの耳に届くほどになっていた。

というのも、ナリウスに捨てられてからの彼女は荒れに荒れており、軍隊内で決闘騒ぎを起こしたのも一度や二度ではない。酷い日には、一日で三度決闘をしたことがあるほどである。

勇者豪傑と呼ばれた男が、金玉を蹴り潰されて泡を吹いて伸びているさまが何度も目撃されており、いつしかガネットの名は、ヒルクライム王国の騎士たちの中で、もっとも危険な女騎士として噂されるようになっていたのだ。

ガネットの返答に、ウェルドニーは嘲笑を浮かべる。

「謙遜するのね。それからもう一つの噂を聞いたわ。あなたが、賊の親玉に辱められたというものなんだけど、本当かしら？」

衆人環視の中での質問に、ガネットはアイスブルーの瞳を細めた。

ガネットの性格が激変したことから、いろんな人が興味本位に調べた結果、知られてしまった話だ。

直接聞きに来るようなデリカシーのないやつは、容赦なく蹴り飛ばしてきたが、姫将軍にそんな態度を取らないだけの良識は残っていた。

「はい。恥ずかしながら……」

ガネットがしぶしぶ認めると、ウェルドニーだけではなく、周囲の将軍たちも好奇の視線を向けてくる。

「ふふん♪」

楽しげに鼻で笑ったウェルドニーは椅子から跳ねるように立ち上がり、腰をくねらせながらモデル歩きで、ガネットに近づいた。そして、長い付け爪の付いた指で、仏頂面の女騎士の顎を摘まんで上げさせる。

「真面目そうな顔してやるじゃない♪」

「……」

ガネットがどう応じたものかわからず困惑していると、ウェルドニーの右手が、ガネットの左の乳房を鷲掴みにしてきた。

「はぅ、なにを」

困惑したガネットであったが、逃げなかった。高貴なる人のなさることを拒否することはできない性格なのだ。

それをいいことに、ウェルドニーは同性の乳房を弄ぶ。

「このおっぱいを揉ませたの？」

「は、はい」

戸惑いながらもガネットが頷いた。赤く濡れ光る口角を下弦の月のように吊り上げたウェルドニーは、さらに軍服の上から乳首を捉えて摘まむ。

「このコリコリの乳首をしゃぶられたの？」

「あ、はい」

性にかんしては百戦錬磨の魔王女の指技は、ガネットの急所を的確に突いてくる。

さらにウェルドニーの右手が、ガネットの黒いパンツに包まれた股間を掴んだ。

「はぅ」

ガネットは逃げようとしたのだが、なぜかウェルドニーの手から離れることができない。

「や、やめて、ください……」

付け爪の付いた細い指先が、器用に黒パンツの股布を右に退《ど》かし、肉溝の中に入ってきた。

そして、さも同情した表情で語りかけてくる。

「かわいそう。オ〇ンコもズボズボにされたみたいね。すっかり緩くなってしまっている」

「ゆ、緩いですか……」

膣洞が緩くなっていると言われて、ショックを受けない女はいないだろう。アイスブルーの瞳が動揺に揺れる。

「ええ、悪い男にやられてしまったのね」

乾いた膣孔に指を入れたままウェルドニーは、至近距離から瞳をのぞき込んでくる。

「うっふん、もしかして初めてだったの?」

「……。はい」

ニヤリと底意地悪く笑ったウェルドニーは、ガネットの顎を摘まんでいた左手の親指を伸ばして、唇を撫でる。

「この瑞々《みずみず》しい唇を吸われたのね。そして、あなたは男に喜んでもらいたくて、おちんちんを咥えた。精液も飲んだんでしょ。ゴックンゴックンって。好きだから、汚いおちんちんを咥えて、まずい精液を美味しい美味しいと言いながら飲んだ」

「……くぅ」

遠慮会釈なく膣孔を穿っていたウェルドニーの右手の指の一本が、肛門にまで伸びてきた。

「あら、アナルもやられちゃっているわね。隠してもダメよ。わらわにはわかるわ。あはは、好きな男のおちんちんは全部の穴で受け入れたいものね。わかるわ、同じ女ですもの」

押し黙るガネットの右の頬に向かって、毒蛇のような赤い舌を伸ばしたウェルドニーはペロリと舐める。

「ということはあなた、お口とオ◯ンコとアナルという、女の三つ穴をすべて奪われてしまったのね。女にとって初めてとは特別なもの。これからどんなに好きな男ができたとしても、初めてをあげることはできない。あなたはもう中古品。女としての価値は大きく損なわれたわ」

「……ちゅ、中古品。女としてもう価値がない……」

両目を見開いたガネットは、呆然と復唱してしまった。

「あはは、あなたは夢を見たのでしょ？　好きな男と結婚し、子種を宿して、子供を産み、一緒に老いて、同じ墓に入る。その夢がすべて幻だったの。あなたは裏切られた。いえ、初めから利用されていたのね。かわいそうに」

「くっ……愚かでした」

屈辱に震えながらガネットは頷く。

「酷い男がいたものね。武芸一筋に生きてきた女を騙して、処女を奪い、オ○ンコが緩くなるほどにズボズボに犯す。アナルの果てまで開発して、三つ孔《あな》掘ってしまうだなんて、まさに最低の男だわ。鬼畜の所業ね」

さも同情しているといった顔をしたウェルドニーは、ショックを受けて硬直しているガネットを左腕で抱きしめると、頬擦りをしてやりながら悪魔のように囁いた。

「悔しいでしょ。傷物にされて。当然よ、あなたは怒る権利がある」

「……」

「あなたの大事な貞操を、未来を、夢を奪った男には、復讐しなくてはいけないわね」

他人の不幸は蜜の味といった笑みを浮かべているウェルドニーは、ガネットの膣から抜いた付け爪の先をペロリと舐めた。

「女を騙す外道な男に対する処罰は、古来より決まっているわ。わかるわね」

「……。申し訳ありません。無学ゆえ、存じ上げません」

「宮刑よ、宮刑。おちんちんをチョキン」

濡れた付け爪の輝く右手の人差し指と中指をハサミに見立てたウェルドニーは、ガネットの鼻先で勢いよく閉じてみせた。

「っ」

考えたこともなかった行為に、ガネットは目を瞠る。

「どんなに自信たっぷりな、偉そうな男も、おちんちんがなくなったら惨めなものよ。憎い男から、あなたを辱めた汚いおちんちんを切り取ってしまいなさい。そうすることで、あなたの恥辱は晴れるわ」

「必ずや、あの男のちんちんを切り落とします」

ピンク色の髪の悪女の言葉に乗せられて、灰褐色の髪の女騎士はごく真面目に頷く。

「そう、それでいい。ならば、あなたに第一陣を任すわ」

「え⁉　しかし、わたしは……」

いまだ二十歳の新米騎士。それも有力なコネのない田舎の庶民の出である。

一隊を任されるような身分ではない。

「わらわは傷ついた女の味方よ。協力してあげる」

「王女殿下には、過分なるご配慮、感謝の言葉もございません。報いるに必ずや首魁《しゅかい》の首を献上いたします」

「ええ、期待しているわ。おちんちんを手に入れたら、わらわにも見せてね」

かくして、復讐に燃える女が、討伐軍の先鋒となった。

※

解放軍が山城から出てきて布陣したため、討伐軍と解放軍は山と山の間の猫の額のような盆地で対峙することになった。

両軍ともに三千前後の兵である。

正午、秋晴れの空の下、討伐軍の先陣では、馬に跨がった女騎士が腰剣を抜いた。

シャンッ！

涼やかな音とともに刀身が幾つにも割れて、蛇腹となる。

「いくぞ、ナリウス、必ず貴様のちんちんを切り落とす！」

（うわ、俺らの大将、ヤバイわ。なにこのキレてる女……）

ガネットの号令を聞いたヒルクライム王国軍の先陣の兵士たちは、内心で肩を竦めるも、命令に従ってしぶしぶ前進を始めた。

解放軍の総大将ナリウスの耳にまでは、ガネットの気合の声は聞こえなかったが、本能的な寒気を感じた。

「あれはガネットさんですか……」

苦い顔をしたナリウスの呟きに、傍らにいたラクウェルが澄ました顔で応じる。

「ナリウスさんが騙して、犯して、捨てた女性ですよね」

「その言い方、すっごく人聞きが悪いんですけど……まぁ、客観的に見るとそういうことになるかもしれませんね」

不本意ながらもナリウスは認めた。パルミドが口を開く。

「信頼のない者に、先陣を任す。兵理にはかなっているな」

「どうにか味方にできないのでしょうか？」

ナリウスの心境を忖度《そんたく》したラクウェルの言葉を、パルミドは言下に切って捨てた。

「ダーリンの気持ちはわかるが、口には出さないでくれ。兵士たちの士気にかかわる」

「いまは彼女のことは考えないでおきましょう。とにかくわたしたちはこの戦に勝つしかないのです」

パルミドの言をよしとして、ナリウスは迎撃を命じる。

「弓箭隊《きゅうせんたい》、放て」

戦場にあって、もっとも射程のある武器は弓矢だ。遠矢戦から始まるのは戦争の常道である。

秋の高い空に、幾本もの矢が飛び交う。

そして、弓矢は練度がものをいう兵種だ。

士気は高くないといっても、正規軍である。それなりの練度はあった。しかしながら、解放軍の兵士たちの練度などないに等しい。

よって弓矢戦は、ヒルクライム王国軍が圧倒した。

「よし、敵は崩れたぞ。一気にかたを付ける。わたしに続けっ！」

馬に跨がったガネットは蛇腹剣を翳して、突撃してきた。

その行く手に、赤いビキニ鎧をきた大柄な女が、両の拳を打ち合わせながら立ち塞がる。

「ふっ、前回の借り、返させてもらうぜ」

鉄拳の女勇者ヒタマだ。

(また、あいつ勝手なことを)

ナリウスは軽く顔をしかめる。

個人武勇という意味なら、ナリウスの手駒の中でもっとも強い女だ。本人もその自負を持っているだろう。

それだけに前回、腹を蹴られて悶絶したことから、強いライバル意識を持っているらしい。雪辱を期しての抜け駆けだ。

しかし、馬を駆るガネットは一顧だにせず、馬上から蛇腹剣を一閃させた。

「知らん!」

バキ!

「あ〜れ〜……」

胸鎧を破壊されて、おっぱいを丸出しにしながら、ヒタマは文字通り天高くぶっ飛んだ。

「うん、まぁ、こんな気はしていた……。でも、あれでぜんぜん死ぬ気がしないのも、ヒタマのすごいところですね」

ナリウスは苦笑したが、敵の勇士を一刀の下に倒したということで、ガネットを陣頭としたヒルクライム王国軍は勢いに乗って斬りこんできた。

解放軍の前衛部隊は大きく崩れる。

「よし、槍襖《やりぶすま》を起こせ」

弓矢戦では勝てない。これはあらかじめ予想できたことだ。

そのため、パルミドの側近である元騎士たちから伏兵を用意するように、提案されていた。

その作戦に従って、伏せていた兵たちが長槍を地面から持ち上げる。

勢いに乗っていた討伐軍の兵士たちは止まれずに、自ら槍の穂先に突っ込んだ。陣頭を駆けていたガネットもまた、馬を倒された。

「よしっ」

策がハマり、解放軍は沸いた。

「反撃開始だ」

今度は解放軍が勢いに乗って反撃に転じようとした次の瞬間である。

ドーン！

文字通り、ゴミのように人が吹っ飛んだ。

その中心にいたのは、大地にすっくと仁王立ちし、蛇腹剣を持った女騎士であった。

バリバリバリバリ……

ガネットの背中から、腕から、足から、発電しているかのような魔法光が放たれている。

「わたしは退かん。ナリウスのちんちんを切り取る。絶対に切り取る」

狂気の宣言とともにガネットが蛇腹剣を豪快に振り回すと、雷光とともに熱風が嵐となって吹き荒れた。

そのたった一人の奮闘により、解放軍に流れかけた勝機が再び討伐軍のものに戻る。

ヒルクライム王国軍の本営にあって戦況を見守っていたウェルドニーは、口角を吊り上げて楽しげに笑う。

「うふん、魔法の実験台としては面白いわね」

ウェルドニーが、ガネットに施した魔法。それは理屈としては極めて簡単なものだった。

魔法使いが剣に一次的な強化付与をする魔力剣という戦法がある。それを発展させて、体に直接魔力を注ぎ、身体能力の強化をさせたのだ。

そのため尋常でないパワーを発揮させている。

ウェルドニーの参謀が、戦慄を隠せない表情で質問した。

「殿下。あのような動き普通ではありません。彼女の身は大丈夫なのですか？」

「さぁ、暴走して死んじゃうかもね。でも、彼女はそれで本望なんじゃない。実験データを取るのを忘れてはダメよ」

孔雀を模した椅子に座ったウェルドニーは頬杖を突き、長い脚を見せつけるように組みながら、科学者がモルモットを見るような目で先陣の様子を見守った。

「うおおぉぉぉぉ」

見開いた両目、開いた口から闘気のように魔法を溢れさせながらガネットは、蛇腹剣を縦横に振るった。

射程が非常に長い。

一薙ぎされるたびに、人が一人、二人と吹っ飛ばされる。

「ひぃ、ダメだ。あんなのに勝てるはずねぇ」

解放軍の大半は、逃散した農民である。個々の戦闘力は著しく低いのだ。

そのため鬼神の如き敵をまえに、我先と逃亡してしまい、戦線がみるみる崩壊していく。

バリバリと魔法を暴走させながら突進してくるガネットを錐《きり》の先端として、討伐軍は一直線にナリウスのいる本営を目指す。

「斬る！　斬る！　斬る！　ナリウス、ナリウスのちんちんを斬り落とす。ナリウス、ちんちんを置いてけ！」

捨てられた女の呪詛の言葉を浴びせられ、解放軍の兵士たちはおののき、逃げることしかできない。

そのあまりの奮闘に、ラクウェルが悲鳴をあげる。

「ひぇ～、ナリウスさん、本当にあんな女性を口説くことに成功したんですか⁉」

「わたしもちょっと信じられなくなってきました」

いつもポーカーフェイスを気取っているナリウスの頰を冷や汗が流れた。

「一騎当千。万人の敵とはまさにいまの彼女を指す言葉ですね」

ガネット独りで、解放軍はすべて蹴散らされそうな勢いである。

「わたしも魔法に詳しいわけではありませんが、あんな戦い方が長続きするはずがありません。いずれ限界がくるとは思うのですが」

ナリウスは頭を振った。

「彼女を相手にするのはやめましょう。わたしたちは所詮山賊なんですから、騎士の真似事をしても上手くいきません。パルミドに連絡。かねてからの作戦を実行に移してください」

ナリウスは自分が戦上手などと露ほども思っていない。用兵に自信がないなら、用兵以外の策で勝つ方法を模索するしかない。

戦がたけなわのとき、戦局の変化は、ヒルクライム王国軍の左翼で起こった。

「ウェルドニーを生け捕ったぞぉぉぉ！！！」

突如として挙がった叫び声に続いて、高々と掲げられた十字架に女が磔《はりつけ》にされていたのである。

あまりにも唐突で、突拍子もない情報に、ヒルクライム王国軍は戸惑った。そして、ウソだと思いながらも目を凝らす。

十字架にかけられているのは、痴女と見紛う装いをしたピンクの髪の女だ。

遠目にはよくわからないが、特徴的すぎる容姿である。顔も似ている気がした。

「まさか……」

あり得ないと思いながらも、ヒルクライム王国軍の兵士たちは戸惑った。

さらに十字架の女は哀れっぽい声で慈悲を乞う。

「よくみよ、わらわはウェルドニーじゃ。ああ、情けなや、戦は敗北ぞ。降伏せよ。武器を捨てて降伏するのじゃ」

自分たちが戦っているうちに、本陣を強襲されて総大将が捕らえられてしまったのだろうか。ヒルクライム王国軍の兵士たちは顔を見合わせ、立ち尽くす。

「ど、どうする。ウェルドニーさまを見捨てるわけには……」

ヒルクライム王国は、客観的に見て破綻した国家である。それがなんとか維持されているのは、ウェルドニーの狂気のカリスマゆえだろう。

その心の支えが砕かれたのかもしれない。半信半疑であっても、最前線で逡巡《しゅんじゅん》するということは命取りである。解放軍からの攻撃を受けて前線は崩壊を来す。

「なに？　なにが起こっている？」

勇ましく突撃していたガネットも、突如、後方から崩れだした味方に戸惑う。

逆に解放軍は盛り上がった。

「よし、このまま一気にいけ！」

「おおおぉぉぉぉ」

解放軍が波に乗って攻撃を開始した。まさにその時だ。

ドバァァァァァァァァァァァァ！

野太い魔法光が、戦場を一直線に貫いた。

そして、十字架にかけられた女が焼き払われる。

「っ⁉」

みなが戦慄して、魔法攻撃の放たれた源に目を向ける。

そこにはピンク色の髪、露出の激しすぎるド派手な装束をした女が、周囲に魔法具を浮遊させながら立っていた。

「おーほっほっほっ、おバカさんたち、そんな見え透いた罠にかかるなんて、愚かしくて話になりませんわ。逃げる者は、わらわが魔法で焼き殺しますわよ」

高笑いとともに現れた痴女の姿に、ヒルクライム王国軍の兵士たちは安堵し、そして、歓喜した。

「おお、ウェルドニーさまだ」

「おのれ賊どもめ！　卑怯な手を使いおって」

逃げていた兵士たちも、ウェルドニーの勇姿を見て士気を盛り返す。

魔王女の面目躍如といったところだろう。

「あははは」

焼き払われた十字架から転げ落ちた女が、狂笑をあげながら立ち上がる。

「ようやく会えたわね。単純なおまえのことだから、この程度の策にかかると思ったわ」

普通なら肉片も残さずに即死していないとおかしい破壊力の魔法を浴びせられても、生きているということは、あらかじめ強力な耐魔が施されていたということだ。

しかし、ピンク色の髪からメッキが剥げて、赤毛が姿を現す。

美しかった顔には、醜い火傷の痕が浮かぶ。

変身魔法の解けた賊徒の姿を見て、ウェルドニーは目を眇める。

「ん？　だれかと思ったら、謀反人の従妹アスターシアではありませんの。恥知らずにも生きておりましたのね」

傍らの部下から大斧を手に取り、パルミドはニヤリと凶悪に笑う。

「ああ、てめぇを殺すために地獄から戻ってきてやったぜ」

ウェルドニーに化けて、偽者を演じていたのは、パルミドであったのだ。

ウェルドニーとパルミドは従姉妹である。性格のまるで違う二人だが、容姿にはどこか

通じるものがあり、化けやすかったのだ。

「仕方ありませんわね。また地獄に落としてさしあげますわ。そして、二度と蘇らないように、きっちりと蓋をしてあげる」

ウェルドニーの周囲を浮遊していた魔法具が、発射態勢に入る。

「バカが、貴様がここに出てきたことで、すでに勝敗は決しているんだよ」

パルミドの一喝にひるんだかのように、ウェルドニーの周囲を浮遊していた魔法具が次々と地面に落ちた。

「……あら？」

自慢の魔法具を操作できずにウェルドニーが困惑の声をあげた次の瞬間。その四方に二重王国から派遣されていたリシュルが出現した。

それも四体。いわゆる分身の術である。

ウェルドニーの乱発する魔法に巻き込まれることを警戒した護衛たちは、主人と距離を取っていたのだ。それが災いした。

「トラップっ⁉」

ウェルドニー及びその側近たちが危機を察したときには遅かった。

四体のリシュルが印を結ぶと、ウェルドニーを囲む光の環《わ》が出現して、太腿と腹部と胸の上で三重に拘束する。

「きゃっ！」

かわいらしい悲鳴をあげて身動きの取れなくなったウェルドニーのもとに駆け寄ったパルミドが、その喉元に戦斧を添える。

「魔法はてめぇの専売特許じゃねぇんだよ。もっと発展した地域はいくらでもあるんだ」

二重王国の魔法技術は、世界屈指である。田舎の倒壊寸前の王国の王女様の研究よりもはるかに進んでいたのだ。

一体に戻ったリシュルは、気取った一礼をする。

そして、パルミドは叫んだ。

「ウェルドニーを生け捕ったぞぉぉぉ」

今度こそ本当に、敵の総大将を生け捕ったのだ。

ヒルクライム王国の未来を決める戦いは、解放軍の勝利に終わった。

※

「ウェルドニーを連れてきたぞ」

大歓声の中、解放軍の本営に意気揚々とやってきたパルミドは、一族の仇である王女に首輪を着け、引きずっていた。

意図したわけではないのだろうが、ウェルドニーの体は、拘束の紐によって乳房が上下から挟まれてくびりだされ、臀部も強調されている。

もともと卑猥なほどにエロい体型に、セクシーな装束をしていたこともあって、とんでもないことになってしまっている。

ナリウスの御前にやってきたパルミドは、ウェルドニーの尻を蹴った。

「ああん」

床に倒れこんだウェルドニーの被虐美は、色っぽいとか卑猥を通り越して、存在自体が猥褻物《わいせつぶつ》のようだ。

一瞬、目を奪われたナリウスだが、とにかく功労者を労う。

「ご苦労さま、パルミド。このたびの戦の一番手柄ですね」

「こいつだけは殺すと決めていたのだが、捕虜にできてしまったからな」

憎々しげな表情を作りながらも、長年の仇に勝利した喜びを隠せないパルミドは、倒れているウェルドニーの尻を踏みつけて、グリグリと踏みにじる。

殺せなかったことは、不本意であったとはいえ、殺すよりも捕虜にできたほうが、政治的な価値がある、という計算を働かせることができたのは、なんだかんだで支配者階級の生まれということだろう。それに生き恥をさらしてやったほうが、戦場で殺すよりも溜飲が下がる。

「や、やめて、痛いわ」

哀れっぽい声を出す敵将を見かねて、ナリウスが声をかける。

「パルミド、戒めを解いてあげてください。敵将に対する礼儀です」

「わかった」

一族の仇である女に情けをかける気のないパルミドであったが、政治的な配慮というものはわかっている。

ウェルドニーを仰向けにして、その胴を跨《また》いで立つや、巨大な斧を両手に持って大きく振りかぶった。そして、勢いよく振り下ろす。

「ひぃ」

刃の影に、捕らわれの王女様の口元から恐怖の悲鳴が漏れる。

ブツリ。

ウェルドニーを戒めていた紐が戦斧の刃で斬られると同時に、胸当ての狭間も斬れた。

明らかにパルミドは、憎い仇を辱めるためにわざとやったのだろう。

胸当てが取れて、桃色の大きな双乳が爆発するように飛び出す。

「おおっ⁉」

立ち会っていた男たちの間から、好色な歓声があがる。

「大丈夫ですか？　ウェルドニー殿下」

ナリウスが紳士的に気遣いの声をかけると、倒れこんでいたウェルドニーは、左腕で胸元を押さえながら身を起こし、女の子座りとなった。

「あなたが、賊どもの首魁かしら？」

「はい。そういうことになっています」

ナリウスとウェルドニーは過去に二度会い、会話を交わしたこともあるのだが、どうやらまったく気付いていないようである。

床几《しょうぎ》に座ったまま平然と応じる庶民の男に、虜囚の王女様は憎々しげに応じた。

「あんな卑怯な手を使ってくるだなんて、噂通り、本当に悪い男ね」

「まぁ、二度は通用しない手でしょうね」

ナリウスは苦笑して肩を竦めたが、代わって傍らにいたラクウェルが声を荒らげた。

「戦争に卑怯はありません。勝った者が正義です。善悪の論理でいうのなら、国家国民を塗炭の苦しみの中に置く政治をしたあなた方こそ、悪です」

しかし、ウェルドニーは論争をするつもりはなかったようだ。

半裸のお姫様は、色っぽい眼差しを、ナリウスに向けてくる。

「わらわは悪い男って嫌いではないわ。濡れちゃう」

「えっ⁉」

演説を中断されたラクウェルは一瞬、意味がわからなかったようで硬直する。

ウェルドニーの言動に、解放軍の者たちは困惑を隠せない。

オレンジ色の瞳を潤ませたウェルドニーは、付け爪の付いた親指を咥えながら懇願してきた。

「命を助けてくれるなら、なんでもしてあげるわよ」

「なんでも？」

意味ありげに復唱するナリウスに、過剰な色気を振り撒く王女様は嫣然《えんぜん》とした笑みで頷く。

「ええ、セックスをさせてあげる。あなた、わらわとやりたいでしょ？」

「……」

あまりにも直接的な表現に絶句するナリウスら男に代わって、パルミドが激高する。

「はぁ!? あたしのダーリンが、なんでてめぇみたいなヤリマン女とやりたがるっていうんだ。寝言は寝て言え！」

「そうかしら？ あなたと違って、わらわとやりたくない男なんていないわ」

その堂々たる自惚《うぬぼ》れに、驚きを通り越して清々しささえ感じてしまう。

「わらわは美人でしょ。スタイルも抜群♪ そのうえ、正真正銘のお姫様。下賤な出自の男は、わらわみたいな美しく高貴な女に憧れるものよ」

ヒクヒクヒク……と火傷の痕の浮かぶパルミドの頬が引きつる。そして、怒鳴りつけた。

「貴様には王族としての誇りはないのか！ ヒルクライム王国の第一王女。それも兵権を与えられた姫将軍だぞ。貴様のために命を散らした兵士たちのためにも、誇り高くあるべきだ。それが命欲しさに貞操を差し出すと言いだすなど、呆れ果ててものが言えん！」

激高するパルミドの主張に、ウェルドニーは呆れた顔で肩を竦める。

「十分に言っているじゃない。わらわはまだ死にたくないの。それってそんなに変なことかしら？　わらわはまだ若くて、こんなに美しい。まだまだやりたいことがたくさんあるわ。だからお願い、なんでもするから、命だけは助けて。この通り」

なんとウェルドニーは両手を投げ出して、土下座をしてきた。

「……」

「演技だとしても、たいした玉ですね」

なんとも言えない空気の中、ラクウェルが冷静に口を開く。

「あなたを人質として、国王と交渉したらどうなるでしょう？　王族の方々が国外に退去し、二度とこの地を踏まぬというのなら、そのあたりを落としどころにしてもいいと思いますが」

「わらわに人質としての価値はないわ」

顔を上げたウェルドニーの間髪を入れぬ返答に、ラクウェルが小首を傾げる。

「兵権を与えられるくらいです。あなたは父王に愛されているのではありませんか？」

「わらわのお父様は、本当に狂っているの。生きている限り、決して権力を手放すことはないわ」

娘にここまで言われるとは相当なものだ。しかし、さもありなんと思わせるものは、たしかにあった。

「戦に敗れた以上、わらわにはもう帰るところはないわ。あなたの女にしてくれたら尽くすわよ」

淫乱王女は卑猥に舌なめずりをしてみせる。

「わらわはテクニシャンよ。わらわほど男を楽しませる技に長けた女はいないわ」

「すごい自信ですね。試しに聞きますけど、王女殿下はいままで何人ぐらいの男を食ったことがあるんですか？」

ウェルドニーは小首を傾げた。

「さぁ？　ちょっとわからないわね」

「……自分とやった男の人数がわからないのですか？」

さすがに驚くナリウスに、ウェルドニーは真面目に頷く。

「ええ、いままでイった回数を覚えている者はいないでしょ？　でも、たぶん、千人斬りはしたわ」

「千人ですか!?」

そのうちの一人であるナリウスはもちろん、会話を聞いていた男女すべてが目を剥く。

「い、いくらなんでも、それはウソだろ……」

本人は認めたくないだろうが、パルミドは畏怖した声を出す。ウェルドニーは嫣然と笑う。

「ウソじゃないわよ。一度に百人の男とやったこともあるわ。手柄のあった部隊の男たちを集めて褒美としてやらせてやったの。とはいえ、活きのいいおちんちんを百本連続で味わったときには、さすがのわらわも股関節や顎の骨が外れたかと思ったわ。でも、全員、満足させてあげたわよ」

王女様の自慢話に、聞き手たちはドン引きしてしまう。

しかし、ウェルドニーは構わず続ける。

「だから、わらわのオ○ンコは、その辺の小娘とは鍛え方が違うの。この世のものとは思えぬ極上体験をさせてあげられるわよ」

呆れ果てたパルミドは、首を横に振る。

「最低だな、このアバズレ。ダーリン。人質として使えないのなら、生かしておく価値など微塵《みじん》もない。即刻首を刎《は》ねよう」

「まぁ、殺すことはいつでもできますからね。……そうですね。とりあえず、商品を見せてもらいましょうか？」

「商品？」

小首を傾げるウェルドニーに、ナリウスは命じる。

「服を脱いで、裸を見せてもらいましょうか」

「っ⁉」

見学していた者たちは騒然となる。しかし、みな興味があるらしくだれも異議を唱えなかった。

「うっふん、お安い御用よ」

衆人環視の中で立ち上がったウェルドニーは、すでに胸元を露出させていた衣装の残滓に指をかけると、淫らに腰をくねらせながら下ろしていく。

ストリップショーを演じながら、恥じ入る素振りは微塵もない。観られることに慣れているというか、見せつけている脱ぎ方だ。

（いやはや、すごいもんですね）

余裕を演じているのは王女としての矜持なのだろうか。それとも自分の裸に絶対の自信を持っているから、恥じ入る必要を感じないのか。

おそらく後者であろう。そう思わせるだけの圧倒的なスタイルであった。

熟れた果汁が滴るような蜜肌。スレンダーなのに、乳房は大きく、臀部は張っている。恥丘はつるっつる。おそらく男とやるときに邪魔にならないように、自分で剃っているのだ。

まさに男とエッチすることに特化したかのような女体だ。

男に胸を揉まれまくったから大きくなった乳房、男に突かれまくったから大きくなった尻。そう思うのは、彼女の凄まじい男性経験を知ってしまったがゆえの先入観のなせる業なのだろうか。

衣服は脱いだが、ネックレス、指輪、腰飾り、アンクレットといった装飾品はそのままなので、単に素っ裸の女と違い、本来、高貴なる女なのだという証となり、見る者により猥褻さを感じさせた。

裸体をさらしたウェルドニーは右足を前に出したモデル立ちとなり、両手でピンク色のストレートボブをかき上げると、腋の下をさらしながら挑発してくる。

「うふん、こんなに若くて美しい女が失われるだなんて、人類の損失だと思いませんこと？」

「ええ、たいしたものです」

「なら、味わってみません？　わらわは見た目だけではなくて、中身、つまりオ○ンコにだって自信がありますの。だってわらわのオ○ンコに入った男はみんなお猿さんみたいにビュービュー出したあとに、名器だから我慢できなかったたって、情けない言い訳をしますのよ」

卑猥に舌なめずりをしたウェルドニーは、膝を開きながら腰を下ろし、ついにはM字開脚となって、自らの右手で陰唇を開くクパァをしてみせた。

見学をしていた男たちはみな生唾を飲む。

みな噂ぐらいは聞いていただろうが、本当に、正真正銘のド淫乱王女であることを実感したのだ。

「き、貴様、あたしのダーリンがそんな下品な誘惑に乗ると思っているのか」

激高するパルミドを他所に、ナリウスは立ち上がった。

「ナリウスさん？」

「ダ、ダーリン、ま、まさか、本当にこんな下品な女が好みなのか？」

ラクウェルは困惑し、パルミドは戦慄した表情で喘ぐ。

(まぁ、たしかに気持ちいいオ◯ンコではありましたね)

以前に一度やったときの感触を回想しながら、ナリウスはクパァをしている王女様の前に立った。

「うふん♪」

自分の美貌のまえにはどんな男もひれ伏す。そんな自信に満ちた笑みを浮かべているウェルドニーの見守る中、ナリウスは右足の靴を脱ぎ、素足となった。

「!?」

戸惑うウェルドニーの膣孔に、ナリウスは足の指先を添えた。

「ま、まさか……？　ひぃ！」

なにが行われようとしているのか、本能的に察したウェルドニーは、反射的に逃げようとして尻もちをついた。しかし、ナリウスは構わず足を進める。

ズブズブズブ……。

女の大切な秘部に、男の足先が入っていく。

「や、やめて。そんな、わらわのオ◯ンコに足を入れるだなんて……ひ、酷いわ」

多くの男に崇められ、奉仕されてきた女。男たちにやらせてあげていた自慢の膣孔を踏みにじられ、ウェルドニーは少なからぬショックを受けているようだ。

ナリウスはあえて酷薄に口を開く。

「あまり男を舐めないほうがいいですね、王女殿下」

「ひぃ、ひぃ、ひぃ、壊れる。オ◯ンコ、裂ける。オ◯ンコ、壊れちゃう」

どんなに巨根男を食べたことがあったとしても、足よりも大きなものを入れられたことはないだろう。膣孔が本当に裂けそうなほどに広がってしまっている。

たまらず大口を開けたウェルドニーは涎を溢れさせ、見開かれた両目からは涙を溢れさせた。痛みというよりも、屈辱からだろう。

そしてついに、足先が子宮口にまで届いた。

「ひぃ、お願い。し、子宮は、子宮は蹴らないで」

「あなたがわたしに命令できる立場ですか？　あなたは捕虜であり、惨めに命乞いをしている最中ですよ」

虫を見るような目で見下ろしたナリウスは、容赦なく足を前後させる。

足先が子宮口をコツンコツンと蹴った。

「ひぃ、ごめんなさい。ごめんなさい。ごめんなさい。許して、許して、許して。わらわはあなたさまの肉便器。なにをされても文句はございません、ああ、ああ、あぁあ……！」

フットファックされてしまった王女様は仰向けに倒れ、背中を太鼓橋のように反らせて、痙攣している。

「あぁ、こんな惨めな体験……初めて。でも、こういうのもいい♪　イっちゃう♪」

驚いたことにウェルドニーは、絶頂したようだ。

限界まで広げられていた膣孔が痙攣して、ナリウスの足を締めてくる。と同時にプシャッと熱いゆばりが噴き出した。

「まったく、失禁しながら絶頂だなんて、締まりの緩いお姫様だ」

膣孔から足を抜いたナリウスは、戦慄した顔で見守っていた人々に肩を竦めてみせる。

「このありさまでは殺す価値もないでしょう。とりあえず王都を陥落させるまでは、檻《おり》にでも入れて飼っておきなさい」

「……承知」

ウェルドニーを公開処刑する気満々であったパルミドであったが、公開恥刑に処されてしまった従姉をまえに気を呑まれたようで、素直に従った。

ただちに猛獣用の檻が用意され、そこにウェルドニーは裸のまま入れられる。

当然ながら、裸の王女様の入れられた檻の周りには、解放軍の兵士たちが野次馬となって殺到した。

「すげぇ、あれが魔王女かよ」

「やっぱ、おっぱいでけぇ。それなのに腹は手で握れそうなくらい細い。そのうえ、体の半分以上が脚だぜ。なんつースタイルだ」

なんだかんだいって、お姫様というのは庶民にとって憧れだ。

そのお姫様を近くで、それも裸を見れるということで、兵士たちは角砂糖に群がる蟻のように集まった。

姫将軍にとっては、生き恥の極致といっていい境遇のはずだが、フットファックの衝撃から立ち直ったウェルドニーは、まったく恥じ入ることなく観客に投げキッスなどを送って媚を売っている。

「あなたたち、せいぜいわらわの美しい体を瞳に焼き付けて、あとでこっそりオナニーしなさい」

「おおっ！」

「ああ、オナペット。今夜、わらわは、戦場での興奮状態にある男たちの妄想の中で犯されまくるのね。いや、暇さえあれば、わらわのこの姿を思い出し、シコるはず、シコられる。あはっ、どれくらいのザーメンがまき散らされるのかしら？」

恍惚と妄想に浸っているウェルドニーと違って、その警護をするパルミドは真剣だった。

「警戒を怠るなよ。四方八方に魔法光を点けよ。たとえ夜でも昼のように明るくするんだ」

パルミドの認識では苦々しい限りだが、ウェルドニーを慕う兵士は多いようだ。

特にウェルドニーとやったことのある男など、死に物狂いで救援にくる可能性があった。

キビキビと指示を出す監視役に向かって、被虐の喜びに震えた虜囚は声をかける。

「ねぇ、アスターシア。このお猿さんたちのおちんちん食べていいの？」

「ダメに決まっているだろ。この痴女が」

「そ、そんな、こんな美味しそうなお菓子の山に囲まれて、つまみ食いすることも許されないだなんて」

よよと泣き崩れてみせるウェルドニーに、見物人たちは沸く。

「ひ、姫様がお望みなら、俺はいつでも……」

「俺、ちんぽの大きさだけは自信があります！」

檻を破壊しそうな勢いで申し出る兵士たちに、ウェルドニーは悲し気に首を振る。

「わらわとしてはやらせてあげたいのだけど、怖い女が見張っているの。これで我慢して。サービスよ」

ウェルドニーは細く長い右足を掲げてみせた。

美脚に巻かれた黄金の鎖のアンクレットがキラリと輝く。

「うおおお」

虜囚のお姫様が閉じ込められた檻を中心に、まるで祭りのような騒ぎである。

「あいつらの中から、寝返る者は出ないだろうな」

檻に群がる男たちの熱気がすごすぎて、追い払うに追い払えないパルミドは、苦虫をかみつぶしたような表情になっていた。

第六章　女たちの山賊王

「それでは、ヒルクライム王国の最後を見届けるために出発しようか」

ナリウス率いる解放軍が、ヒルクライム王国の討伐軍を撃破。総大将ウェルドニーを捕縛する。

このニュースは衝撃的であった。

各地の貴族がこぞって、ナリウス支持を表明し、合流を望んだのだ。

「風見鶏ばかりだな」

苦々しい顔をするパルミドを、ナリウスはたしなめる。

「風も読めない無能者よりは使えますよ」

「そ、そういうものだろうか？」

パルミドは不快さを隠し切れないようであったが、檻に入れられたウェルドニーを警護しながら進軍する。

貴族だけではない。ナリウスが王都エルバードに向かって進軍する通り道の村々から参加者が集まってくる。

「ナリウス陛下ばんざい」

気の早いことを叫びながら、天秤棒の先に農作業用の鎌を取り付けただけの簡易な槍を空高く突き上げて参加した者までいる。

そのため兵力は雪だるま式に増えた。雪だるまの勢いは王都の城壁など簡単に突破してしまいそうだ。

「いやはや、みんなフラストレーションがたまっていたんですね」

感嘆するナリウスに、難しい顔をしたラクウェルが質問してきた。

「この勢いなら、エルバードを陥落させるのは難しくないと思います。しかし、ナリウスさん。ガネットさんのこと、どう考えているんですか？」

レイムの街で、ナリウスとガネットが楽しそうに毎日デートしているさまを見ていた身としては、現在の状況がどうにも収まりが悪いのだろう。

ナリウスは露悪ぶるのが好きな男ではあるが、自分の抱いた女を見殺しにできるほどに冷徹ではない。いや、冷徹ではないとラクウェルは信じたかったのだ。

そんな男であったのなら、ラクウェルのナリウスに対する愛情や信頼も目減りしてしまう。

空飛ぶ魔法の絨毯《じゅうたん》に乗って進みながらナリウスは溜息をついた。

「はぁ～、ローラに頼んで動向を探らせているんですけどね。なかなか難しいようです」

「なんだ、ちゃんと手を打っているんじゃないですか。きっと上手くいきますよ」

小娘に励まされて、三十路の男は肩を竦める。

一方で、時世という名の雪玉に潰されるのを待つしかないように思われた王都からは、ヒルクライム王国の未来に絶望した庶民はもちろん、兵士たちの逃亡まで相次いでいた。

そんな騒然たる城の片隅で、ガネットは剣を抱いて蹲《うずくま》っている。

体の節々が痛い。先の戦いで魔法による身体強化をした後遺症だ。それなのに治療も満足に受けられずにいる。王都の流通は動いておらず、魔法宝珠はもちろん、薬品や食料の配給もままならぬ状況なのだ。そのため余計な体力を使わないために動くことをやめた。

「……殺す。……殺す。……殺す。……殺す。……ナリウスを殺す。……やつを殺して、わたしも死ぬ」

死んだ目をして、呪詛を唱える女を気持ち悪がって、だれも近づこうとはしなかった。

やがて万を超える反乱軍が王都を包囲するにあたり、城内ではエノケンテス王の演説が行われる。

「……」

億劫《おっくう》であったがガネットもまた、中庭に出て拝聴することにする。

見上げていると、城のバルコニーに、ヒルクライムの王族の方々が姿を現した。

有力な後継者候補であったウェルドニーを捕らえられたとはいえ、エノケンテス王にはなお二十人を超える王子王女がいたのだ。

最後に、豪奢な服をきた初老の男が顔を出す。エノケンテス王その人だ。

どす黒く脂ぎった顔に、三つに割れた顎髭を蓄えている。

肌が荒れて、禿げあがっているせいか、五十代のはずが、八十歳にも見えた。明らかに長年の暴食と荒淫によって、健康を害している。

いまの姿からは想像できないが、若き日は野心家の溌剌とした王であったらしい。

自ら軍を率いて果敢に侵略し、略奪行為を働いた。

しかし、身の丈を超えた戦いを繰り返したために、国土は疲弊。ついて行けなくなった貴族は謀反を起こし、一揆は続発した。

それを力ずくで鎮圧し、女子供を人質と称して、後宮に入れることでなんとか国体を保ってきた暴君だ。

最後まで残った忠臣たちをまえに、エノケンテス王は両腕を広げた。

「山賊風情が大手を振って、我が城を威圧しようなど、なんという悪夢であろうか。しかし、恐れることはない。このヒルクライム王家は長き歴史を持つ名家。決して滅びることはあり得ん！」

この期に及んでなお、強気な発言ができるのは頼もしいことだ。

兵士たちの中には、希望を見出《みいだ》して、互いの顔を見て頷く者もいる。

「城下の要所にフレイムを設置せよ。そして、突入してきた敵を炎で焼き殺すのだ」

ガネットだけではない。聞いた者すべてが耳を疑った。

フレイムとは、俗にいう魔法火薬と呼ばれる、極めて発火性の高い火薬だ。

王弟レンブラントが謀反を起こしたとき、ウェルドニーはこれを触媒として使って城ごと焼き払ったと言われている。

その爆発に巻き込むことができれば、たしかに大きな被害を与えることができるだろう。

しかし、当然ながら、被害は敵兵にだけ及ぶものではない。そんな危険物を、城下。それも自らの王都の城下に罠として仕掛けるなど正気の沙汰ではない。

しかし、老王は本気であった。

作戦の意図するところを理解して、みなが色を失う中、王子の一人が国王に諫言した。

「父上、そのようなことをしたら、城下の民の生活がままならなくなります」

「勝つためじゃ」

「しかし、民あっての国ではありませんか」

詰め寄った王子の喉元に王笏《おうしゃく》が突き付けられた。国王はそのまま押す。

「ち、父上、おやめください」

王子の上体が、バルコニーの手すりから大きく外に出て、そして、体ごと空中に出た。

ドサリ！

「っ⁉」

観衆は騒然となったが、息子殺しの老王は叫ぶ。

「必勝の信念を持たぬやつなどいらぬ！」

傲然《ごうぜん》と言い放った暴君は、左右に居並ぶ子供たちに軽蔑の目を向ける。

「まったく、わしの息子娘は、揃いも揃って軟弱な者ばかりじゃ。城下町など、勝ったあとに新しい民を入れて再建すればいいだけのことだ。なぜこのような簡単な理屈がわからぬのか」

「……」

兄弟の死を目の当たりにして委縮したのだろう。王族の方々は、もはやだれも父親に逆らわなかった。

それに満足した独裁者は、眼下の聴衆に訴える。

「増長した山賊どもを焼肉にし、野犬の餌にしてくれようぞ。そして、たんまりと肥え太った犬の肉を飯がないと騒いでおる民草にくれてやるとよい。まさに一石二鳥じゃの、ぐわあーっはぁっはぁっ」

自分の放言に痛快感を覚えたのか、老王は皺だらけの口を大きく開けて豪快に笑った。

だれも片付けようとしない王子であった者の肉の塊を無表情に見つめていたガネットの背後から、女の声がかかる。

「あんな王のために死ぬの？　店長はあなたのことを待っているわよ」

「……っ」

キッとなったガネットは後ろを振り向くが、ソバージュのかかったミントグリーンの髪をした女の後ろ姿を見ただけだった。

※

「さて、そろそろ総攻撃の準備が整いましたか。ウェルドニー王女を、城門前に運んでください」

解放軍は王都エルバードをぐるりと囲んだ。

あとは総攻撃の号令をかけるのを待つだけとなったとき、解放軍の司令官たるナリウスは不可解な命令を下す。

ラクウェルが代表して疑念を問う。

「なにをするつもりなのですか？」

「このまま攻撃したのでは、被害が大きすぎます。敵の士気は徹底的に砕いておいたほうがいいでしょう」

「はぁ……」

王都の城門の前、矢や魔法の届かぬ位置に、ナリウスは進み出た。そして、同時に猛獣用の巨大な檻に入れられた裸の女が、大八車に乗って運ばれてくる。

「あれは、ウェルドニー殿下……。おい、あれは姫様だぞ」

「なんと、おいたわしや……」

城壁からもよく見えたことだろう。城兵たちがざわついている。

淫乱王女として知られていたとはいえ、この扱いはあんまりだと義憤に駆られた声をあげた。

とはいえ、当の本人は檻の中で素っ裸のまま、弾む風船のような双乳も、パイパンの陰阜も、まったく隠そうともしない。

それどころか、観衆に見せつけるが如く、いわゆるモデル立ちをしてポーズをキメている。

「……やっぱり脱いでもすごいんだ」

義憤に駆られながらも、ウェルドニーのあまりにエロすぎる裸体に生唾を飲み、慌てて股間を押さえる若い兵士もいた。

ピンク色のストレートボブの髪、桃のように甘そうな蜜肌、スレンダーなのに、乳房は大きく、臀部はきゅっと吊り上がっている。

そのパーフェクトボディの裸体に、耳飾り、ネックレス、指輪、腰飾り、アンクレットという高級そうな装飾品だけは着けているのだ。単なる裸よりも、見る者の情欲を煽る。

ヒルクライム王国の兵士たち、特にいまだ女を知らぬ新兵たちにとって、戦場で手柄を立てて、ウェルドニーの寝室に呼ばれるというのは、都市伝説であり、夢でもあったのだ。

「連れてきたぞ」

パルミドの顔は不機嫌であり、声はいささか疲れていた。

というのも、ウェルドニーは、解放軍の兵士たちの間でも異様な人気があり、その護衛をしているパルミドは、まるでストリップ女優でも連れ歩いているかのような気分を味わっていたのだ。

「ご苦労さま。しばし借りますね」

ウェルドニーの身柄を預かっているパルミドは、ナリウスがなにをしようとしているのかわからず戸惑っているようだが、言われた通りにした。しかし、なにかあったらすぐに叩きのめそうと傍に控える。

そのさまを横目に見ながら、裸の王女様は格子を左手で掴み、腰をくねらせながら右手で投げキッスをしてくる。

「うふん、こんなところに連れ出して、わらわになにか用かしら？」

「ええ、あなたに一働きしてもらおうと思いましてね」

ナリウスは鉄の格子の中に手を伸ばすと、ウェルドニーの大きな乳房を鷲掴みにした。

「あん」

桃の花弁のような口唇から、わざとらしい甘い悲鳴が漏れた。

その光景に観衆は騒然となる。

解放軍の兵士たちは、みなウェルドニーの裸体を格子越しに涎を垂らさんばかりに見ていたが、決して触ることはできなかったのだ。

ナリウスは乳房の大きさを量るように弄ぶ。

「さすがは淫乱王女。いいおっぱいです」

「当然でしょ。わらわほどいい女はこの世にいないのだから」

いかにもこの淫乱王女らしい返答に笑ったナリウスは、檻の中のウェルドニーに後ろを向かせると、格子越しに抱きしめる形で、両の乳房を鷲掴みにした。

「ああん、乳首はダメぇぇ～」

生娘だろうと、淫乱だろうと、女の感じるポイントは同じだ。

豪快に双乳を揉まれながら、二つの乳首を摘ままれ、扱かれた王女様は甘い悲鳴をあげる。

乳首は大きな乳輪ごと膨らむ。まさにエロ乳、乳神様というにふさわしい乳房だ。

その二つの卑猥な乳首を、男の指がコリコリと弄る。

「あっ、あっ、あっ、あっ」

見た目がエロい乳房は感度も素晴らしい。むっちりとした内腿を濡らしたウェルドニーは、甘やかに嬌声をあげつつ、格子の狭間からデカ尻を突き出し、男の股間を刺激してこようとする。

　それと察したナリウスは、右手を下ろして痴女王女の股間を前から押さえ、パイパンの肉裂を人差し指と中指と薬指の三指で塞ぎ前後にこすりあげた。

「ああ、見られている。こんな大勢の前での辱め、ああ、たまらないわ〜♪」

　ノリノリの王女様の裸体を弄びつつ、ナリウスは城壁に向かって大声を張り上げた。

「王都の諸君。きみたちの希望であった魔王女ウェルドニーは、我が手中にある。これ以上の無駄な抵抗はやめて降伏しなさい。降伏がいやなら逃げ出すといい。逃げる者は見逃すと保証しよう」

「山賊がふざけるな！　王女様をそのように辱めながらなにを言う！」

　城壁から怒号が返ってきた。

　ナリウスは左手で大きな乳房を持ち上げ、右手で陰核を摘まみ上げながら、ウェルドニーの耳元で囁く。

「さぁ、あなたからも愚直なる忠臣のみなさんに降伏を促してください。そうしたら、檻から出してあげますよ」

「あら、そんなことを、わらわのかわいい従妹殿が承知するかしら？」

　少し離れた位置から、大斧を担ぎ、怖い顔で睨んでいるパルミドをチラリと皮肉げに見やる。

「わたしが責任を持って説得しますよ。言う通りにしてくれたら、身の安全の保障はもちろん、戦後、生きていくために必要な生活費も保証します」

「わらわに国を、そして、父を売れと言うの？」

女の急所を弄ばれながらウェルドニーは、皮肉な流し目を後ろに向けてくる。

蜜滴る肉壺に指を入れたナリウスは、肩を竦めた。

「どうやら、あなたの父君は城下町にフレイムを仕掛けて、城下に入ったわたしたちを焼きつくす作戦のようです」

「っ⁉」

さすがのウェルドニーも驚きに目を見開いた。

「その程度のことでわたしたちの勝利は揺るぎませんが、この街はわたしの故郷でもありますからね。灰燼《かいじん》になるさまは見たくありません。また、そんな非道なことをされたら、復讐心に猛り狂った庶民によって、王族の方々は一人残らず惨殺されますよ。これはあなたの兄弟姉妹を助ける唯一の手段でもあります」

「あん、わらわには逆らう権利はないわ」

裸で檻に入れられて引き回されているのだ。いまのウェルドニーは人権を剥奪されているに等しい。

「でも、一つ条件を付けていいかしら？」

「相談に乗りましょう」

「わらわを、あなたのおちんぽ奴隷にしなさい」

これにはいささか意表を突かれて、ナリウスは蜜壺をかき混ぜていた指を止めた。

「王女はわたしの愛人になりたいのですか？」

「あん、おちんぽ奴隷。こっちの響きのほうが卑猥で好みだわ」

妙なところに拘るウェルドニーの嗜好は横に置き、ナリウスの脳裏では素早くソロバンが弾かれる。そして、結論を出した。

「わかりました。あなたをわたしの傍に置いておいたほうが、人心は安定するでしょうしね」

ナリウスの答えに、ウェルドニーは両手を上げて盛大に嘆いてみせる。

「もう、そんな理由でやられたんじゃ、わらわは燃えないわ。いい女だから、俺のものにするって言ってもらわないと」

「それは失礼しました。あなたのこの魅惑的な肉体を、好きにできるというのはこの上ない魅力的な提案です。ぜひその契約を結びましょう」

「それでは取引成立ね」

莞爾と笑ったウェルドニーは、上体をぐるりとひねると鉄格子の狭間から右手を伸ばし、ナリウスの顔を抱き寄せて、接吻してきた。

そして、改めてナリウスに向かって背を向けて、大きな尻を突き出す。さらには両手をお尻の左右から回して、付け爪の付いた中指で、肉裂をクパァと開いてみせた。

「前払いで一発お願い」

「ここで最後までするのがお望みですか？」

その大胆すぎる提案に、さすがのナリウスも呆れて周りを見る。

敵と味方が睨み合う、一触即発の戦場のど真ん中だ。

「あははっ、いまさらなに言っているのよ。一度やってみたかったのよね。殺気立った者たちに見られながらするセックス。まるで夢みたいじゃない」

「そうですか？」

残念ながらナリウスは、夢見たことはないシチュエーションだ。

「それにわらわは一刻も早くおちんちんが欲しいのよ」

ウェルドニーは城壁を見上げて遠い目をする。

「わらわは七つのときに、父上に処女を奪われて以来、毎日、いろんなおちんぽを食べてきたわ。それなのに捕虜となってからというもの、檻の外から好色な目で見られているだけ。幾つものおちんぽがズボンを突き破りそうなさまを、指を咥えてみていたのよ。もう我慢の限界。おちんぽが欲しいの。ぶっといおちんちんで、わらわのオ◯ンコを広げてもらわないと、わらわの自慢の名器が錆《さ》びついてしまいそうだわ」

まろやかな桃尻を突き出した卑猥なポーズで腰をくねらせる。広げられた膣孔からはトクトクと蜜が溢れていた。

どうやら、本当に欲求不満であると同時に、このシチュエーションに興奮しているようだ。

濡れた女性器を見せつけながら、ウェルドニーは背後を窺い挑発してくる。

「それとも、国を盗もうという悪人の癖に、見られていると勃《た》たないなんて情けないことをいうのかしら？」

「まったく、王女様にはかないませんね」

挑発に乗ってナリウスは、ズボンの中からいきり立つ逸物を取り出した。

「あはっ、予想通りすごいおちんちん♪」

ウェルドニーは覚えていないようだが、ナリウスは以前、薬をキメている彼女と一発したことがある。

その気持ちよさを思い出し、逸物が期待に膨らんでしまったのだ。

覚悟を決めたナリウスは、ウェルドニーの尻の左右に回っていた両手首を取り、格子の狭間から引き寄せると、逸物を押し込んだ。

「ああん♪　おっきい！」

両腕を鳥のように後ろに広げ、両脚を内股にしたウェルドニーはブルブルと震えた。

膣洞がキュッキュッキュッと締まってくる。

「ああ、このわらわが入れられただけでイクだなんて……」

淫乱痴女なのに、捕虜となってから男を食わず、自涜もできず、溜まりに溜まっていたのだろう。また、この常識ではあり得ない衆人環視という状況に感覚が研ぎ澄まされているという側面も否定できまい。

ナリウスとしても初めての体験である。

（くっ、それにしても、相変わらずいいオ◯ンコです。危うく入れただけで搾り取られそうでした）

ナリウスは内心で冷や汗を掻いていた。

衆人環視の中でのセックスである。こんな状況で入れると同時に射精してしまうような無様《ぶざま》を演じたら、新国王としての威厳に傷が付く。今後の国家運営を円滑にするためにも、やるからにはきっちりやり切らねばならない。

（この状況、単にセックスを楽しめばいいというものでもないですね）

ナリウスとしても見栄がある。観衆に向かってウェルドニーを屈伏させるさまを見せつけたい。

暴発しないように逸物に気合を入れながらもナリウスは、観衆に見せつけるように豪快に腰を振るった。

「あん、上手。あなた、使い込んでいるわね。いろんな女を泣かせてきた業物だわ。ああ、でも、このおちんちんどこかで、……思い出したわ。あなた、一度わらわとやっているでしょ。そう、これは、バンシーの花の蜜を売りに来た商人。当たりでしょ？」

「ええ、顔を見ても思い出さず、おちんちんを入れられて思い出すとはさすがですね」

苦笑しながらナリウスは、ウェルドニーの両手首を取って後ろに引きながら、背後に腰を荒々しく突き出した。

「だって、あのとき、薬で頭の中飛んでたし、あん、あん、あん、でも、今日もすごい、こんな大勢に見られながらするだなんて初めて、刺激的すぎる♪　動物のように裸で檻に入れられて、犯される。なんて惨めなのかしら？　まさに性奴隷♪」

男が腰を叩きこむたびに、大きな乳房がブルンブルンと揺れた。

「すげぇ……」

ウェルドニーがこの体位を望んだのは、自らの痴態を観衆に見せつけたいがためであろう。

そのご希望通り、蕩《とろ》け切った表情に、揺れる乳房に、尖った乳首に、涎を噴く口元に、敵味方問わずに魅せられた。

「ああ、ちゅごい。こんなに気持ちいいセックス初めて。見られている。見られているの。大きなおちんちんでズボズボされて、頭の中が真っ白になった惨めなアヘ顔を……。ああ、でも気持ちいい♪　わらわはこのおちんちんさまに出会うために、いままでいろんなおちんちんを摘まみぐいしてきたのね。わらわはこのおちんぽさまの奴隷♪」

王女様の俎板《まないた》ショーに、見物していた敵味方の兵士たちは言葉もない。

もしウェルドニーが悲鳴をあげ、泣きわめいていたら、これは見るに堪えない凄惨《せいさん》極まるショーとなっていたことだろう。

しかし、ウェルドニーはどう見ても、この状況を心の底から楽しんでいた。

そのあまりのエロさに、見学していた男たちで勃起しなかった者はいなかっただろう。暴発させていた童貞少年もいたかもしれない。女騎士たちも赤面して、パンツの中を濡らしてしまう。

それほどに卑猥すぎる光景であった。

背後から男に突かれまくり、大きな乳房を上下に揺らしていたウェルドニーは、オレンジ色の瞳を上げて白目を剥き、鼻の穴をおっぴろげて鼻水を出し、卑猥な悲鳴をあげるたびに大きく開いた口唇から涎を垂らす、見事なアへ顔をさらしながら叫んだ。

「城内のみなさ～ん、御覧の通り、わらわはナリウスさまのおちんぽ奴隷になりましたわ～。もうこの国はおしまいですわ～。お父様は往生際の悪いことに、城下町に火を放つおつもりのようですから、ただちに街から避難してください。逃げた者には、ご主人様が寛大な対応を約束してくださいましたわ～」

ウェルドニーの口から告げられたエノケンテス王の秘策に、城下の庶民は騒然となる。

「お見事です。これで城攻めは楽になりました」

「ご褒美に、中に、いえ、奥、最深部にお願い、子宮にビュービューかけて、もう我慢できない。あ、ああ、ああ、気持ちいい、気持ちいい、気持ちいい」

「了解しました」

ウェルドニーの希望通りにナリウスは、逸物を思いっきり押し込み、子宮口に亀頭部を押し付けた状態で射精した。

ドビュッ！　ドビュッ！　ドビュッ！

「あひっ、きた！　きちゃったぁぁぁ！！！」

尋常ならざるシチュエーションに酔った痴女は、体をS字に反らしてそそり立つ城壁を仰《あお》ぎ、そして、股間から潮を噴いた。

プシャッ！

城兵たちからも王女様が潮を噴く光景がよく見えたことだろう。

「ウェルドニー王女様が潮を噴かれた……」

潮を噴くことイコール、女が男に屈したということではないのだが、象徴的に見える光景であることはたしかだ。

しかも、膣内射精をされた直後のウェルドニーは、すぐさま膝を開いた蹲踞《そんきょ》の姿勢になると、ナリウスの股に顔を突っ込んで射精を終えて半萎えになった逸物を美味しそうにしゃぶりだしたのだ。

開かれた股間は、城壁に向かっている。パイパンの陰唇からは、泡立った白濁液が糸を引いて流れ落ちる。

その隙のない動きは、男に慣れた淫乱女ならではの技であっただろうが、兵士たちには、ウェルドニーが心底愛する男に奉仕しているように見えたことだろう。

辱められた王女のために義憤に燃えようとしていた兵士たちの心を折るには、十分な光景だった。

（くっ、さすが千人斬りの女。ちんぽのしゃぶり方が上手すぎる）

たちまち再勃起して、もう一戦したくなるが、さすがにそんな悠長なことをしている場合ではない。

気合を入れなおしたナリウスは、痴女に逸物をしゃぶられながらも右手を上げた。

「攻撃を開始せよ。王都を一揉みにしてしまえ」

解放軍の兵士たちは、戸惑っていたようであるが、指揮官たちに煽られて、攻城戦を開始した。

先陣を切ったのは、今回から協力を申し出た風見鶏の貴族たちの軍だ。

正直、ナリウス直属の山賊たち、いや、解放軍よりもよほど装備が充実し、練度も高い。

しかし、予想に反して、城門は思うように抜けなかった。

「あの連中、手を抜いているんじゃないか？」

ナリウスの身支度を整えるのを手伝いながら、パルミドは苛立《いらだ》たしげに舌打ちする。

「いや、そうでもないと思いますよ。腐っても、いや、腐りきっていたとしても、伝統ある国には、忠臣たちがいるということでしょう」

ヒルクライム王国の兵士たちは、王に忠誠を誓うというよりも、自らの名誉、あるいは家の名誉のためだろうか。必死に奮闘しているようだ。

「しかし、そうそう愚直な兵士が多いとは思えませんから、いずれ内部から崩れるでしょう」

ナリウスの観測は間違っていなかった。奮闘しているのは城壁だけであり、城下町は大混乱に陥っていたのだ。

国王が魔法火薬を使って城下町を吹っ飛ばそうとしているなどという情報は、敵からもたらされただけに半信半疑だったとしても、味方であるはずの兵士たちの動きを警戒して見るようになる。

「ちょっとまて！　おまえら、俺の家になにをするつもりだ」

「邪魔だ、どけ」

「だから、俺の家なんだよ。なに土足で入っているんだ」

老王の秘策を実行するために、忠実な兵士たちは庶民の家を容赦なく接収しようとした。

しかし、なけなしの財産を没収されることをよしとする者は少ない。家主は抵抗し、騎士とのどつき合いを始める。

そして、小競り合いが、流血沙汰になるまでの時間は短かった。

あちらこちらで民衆と兵士が殴り合い、そして、刃を向ける。

兵士のほうがいい武具を持っているとはいえ、庶民のほうが圧倒的に人数は多い。

包丁を持った主婦を、フル武装の騎士が脅し、その騎士の頭を子供が大根で殴る。激怒した兵士が、子供に槍を向ける。

まさに地獄絵図だ。

その中にガネットはいた。

(外に大敵がいるというのに、なにをやっているんだ？　これでは絶対に勝てない。いや、そもそも勝つことに、戦うことに意味はあるのか？　わたしはなにをやっている？)

庶民と兵士の争いを呆然と見ていたガネットは、子供の胴に槍が突き刺さろうという光景をまえに無意識に鞘走らせていた。

シャキンッ！

子供の腹に、穴が開く前に槍の穂先が切れ跳んだ。

「貴様っ！　なんの真似だ⁉」

驚いた兵士たちが、ガネットに詰め寄る。

「わたしは騎士だ。無辜《むこ》の民を守ることを誓った身だ」

今度は覚悟を決めて同僚たる兵士たちを蛇腹剣で薙ぎ払ったガネットは、民衆に向かって叫んだ。

「おまえたち、城外に逃げろ。どうせ、この国はもう滅ぶ。生きてさえいれば、開ける道もある」

ガネットの叫びに、兵士たちは激怒した。

「この期に及んで裏切りか。卑怯者め」

「あ、こいつ知っているぞ。敵の親玉にやられたという女だ」

「はん、ちんぽが忘れられねぇってか」

襲い来る兵士を薙ぎ払いつつ、ガネットは叫ぶ。

「こっちだ。わたしについてこい」

民衆も戸惑っただろうが、そのままとどまっていても、味方の兵士に殺されるか、火に焼かれるだけだ。

ガネットの指示に従った。

「裏切り者だ。女狐が裏切ったぞ」

「いや、敵のスパイだったんだ。手足を引きちぎり、目を潰し、犯してやれ」

命のやり取りをする戦場において、男は子孫を残したいという本能に囚われる。そのため、戦場で女が陵辱されるのは珍しいことではない。

また、兵士たちの心情としても、自国の国民を殺す作業よりも、裏切り者に制裁を加える作業のほうが、精神的に楽だったのだろう。

大勢の兵士たちが、執拗にガネットを狙った。

あるいは、ガネットの、その強く美しい姿に憧れていたゆえに、死ぬ前にやりたいという、下種な感情が働いたのかもしれない。

次々と襲い来る先刻まで味方であった騎士たちを蛇腹剣で吹き飛ばしながら、城の裏門に向かう。

「ここからなら、外に逃げられる。いけ！」

民衆を城外に逃がしながら、ガネットは殿《しんがり》を務めた。

それはまさに獅子奮迅の戦いである。

襲い来る敵を、次々と薙ぎ払っていた気高き女騎士であったが、相棒が限界を迎えた。

蛇腹剣が半ばから引きちぎれたのだ。

「ぐへへ、どうやらそこまでみたいだな」

「よくもやってくれたな。ただで死ねると思うなよ」

「犯して、犯して、犯し抜いてやるぜ」

好色な男たちが、ガネットを囲む。

裏切り者で、大勢殺した。いまさら泣いて許しを乞うても、決して許されないだろう。

ガネットは血塗られた右手を見た。千切れた蛇腹剣では、自殺することもかなわない。

よく働いてくれた相棒に軽く接吻してから、投げ捨てる。

「……わたしの性に価値があるとも思えんが、そんなに欲しいならくれてやる」

血に酔った下卑た男たちに、自分がどのような目に遭わされるか容易に想像ができた。

しかし、自分がやられている間は、庶民を逃がすための囮になれる、という意味では、無駄な悲劇ではないだろう。

覚悟を決めたガネットは目を閉じる。

(バカなわたしに似合いの最期だ。お父さん、お母さん、ミリア師匠、ごめんなさい。都会は怖いところでした。……そういえば、あの人と最初に出会ったのもここだったな)

騙されたとはいえ、その男と付き合った一週間は、ガネットの生涯でもっとも幸福な期間であった。

美しい思い出に身をゆだね、最期のときを待つ。しかし、なかなか恥辱に塗れたそのときは訪れない。

戸惑ったガネットは、我慢できずに再び目を開いた。その瞳に映ったもの。

それは黒い髪の男であった。

浅黒い肌、背はスラリとした長身。少し影がある雰囲気が、大人の男としての色気を感じさせる。そんな男が短刀を振るって、ヒルクライム王国の兵士の喉を切り裂いている。

目で見た光景が信じられず、ガネットは呆然と呟く。

「ナリウス、殿⁉」

ナリウスは一人ではなく、反乱軍が続々と裏門から侵入してくる。

ヒルクライム王国の兵士たちは、我先に逃げ、そして、討ち取られていく。

ガネットが立ち尽くしていると、ナリウスは大仰な一礼をする。

「王子様は、お姫様のピンチに颯爽と駆けつけるもの。あなたと見に行った芝居でもこんなシーンがありましたね。お迎えに上がりましたよ、我が姫君」

立ち尽くしていたガネットは、笑顔になり、同時に泣いた。

「キザですね。まったくナリウス殿は悪い人なのに、いつもカッコイイから、わたしは、わたしは……」

泣き崩れようとするガネットの体を、ナリウスは抱き寄せる。

「つらい思いをさせて申し訳ありません」

「……いいんです。もういいんです」

胸板に顔を埋《うず》めたガネットの背中を、ナリウスは撫でてやる。

そこに刺々しい声がかかった。

「このくそ忙しいときに、ラブロマンスで二人きりの世界を作らないでもらいたいんだけど？」

戦斧を担いだパルミドがジト目を向けてきていた。

「まぁまぁ、もう勝敗は決しているんですから、そう堅いことは言わないでいいでしょう」

ラクウェルが宥める。

「うぉぉぉ、一番乗りはオレだ」

鉄拳の女勇者ヒタマが陣頭に立って、王宮に向かって攻めあがっていく。

ナリウスは苦笑して命じる。

「さて、城門は突破しました。あとは暴君の首を取るだけです。いきましょう」

ナリウスが王宮に踏み入ったときには、国王エノケンテスは殺されていた。

そして、二十人ばかりの王子様王女様が自らを縛って待っていたのだ。

「……こうなりましたか」

予想された最期ではある。

「あなたたちを無罪放免とするわけにはいきませんよ。男の人は肉体労働をしてもらいましょう。人手はいくらあっても足りませんからね」

「寛大な処置、ありがとうございます」

国が滅びるとき、王家一族が皆殺しになるというのは珍しくない。まして、男子は皆殺しが普通である。

御家再興の決起軍の旗頭にされる可能性があるからだ。

しかし、ヒルクライム王国の最期を考えると、その心配はしなくていいだろう。

「そして、女の人たちの処遇ですが……みなさん美人ですね」

当然ながらみな母親が美人なのだろう。それに金のかかった美容法や衣装で二割増しといったところだ。

お姫様たちは顔を見合わせてから、頷きあい、そして、一斉にスカートをめくった。

「英雄は色を好むもの。お望みでしたらご奉仕いたしますわ。ウェルドニーお姉様よりも若い分、オ〇ンコは気持ちいいと思いますわよ」

お姫様たちのパンツを見せつけられて、ナリウスは思わず生唾を飲んだ。

「ご、ご好意を無下にするわけにはいきませんね」

ラクウェルがジト目を向けてくる。

「うわ――――。ナリウスさんの、その女好き、なんとかなりませんか？」

ドン引きしている腹心を他所に、征服者は美しい柔肉の海に飛び込んだ。

※

「新国王ナリウス殿下、ばんざい」

「解放王ナリウス陛下の御代に栄光あれ」

圧政からの解放を喜んだ王都の市民はナリウスの名を叫んでいる。

その光景を見下ろしながら、ナリウスとしては感慨を覚えずにいられない。

(城下町の貧民街で店を開いていたしがない商人が、山賊に身を落とし、ついには国王に成り上がっての凱旋ですか。まったく人生とはわからないものです)

少なくともナリウスは、山賊に身を堕とすまで、国を滅ぼし、自らが王になろうなどという大それた夢を見たことはなかった。

「いやはや、国というのは盗めるものなんですねぇ。まぁ、わたしが失政をしたら、わたしの名前を呼び称えるあの民たちが、わたしに向かって刃を向けてくるのでしょうけどね」

民という存在が、いかに気まぐれで、自分勝手な存在であるか、ナリウスはだれよりも承知しているつもりである。

その慨嘆を、初代宰相ラクウェルがたしなめた。

「まぁ、まぁ、そう悲観的なことは考えず、大願成就のめでたい日です。今宵ぐらいは民とともに浮かれていいんじゃないですか？　ナリウスさんはただでさえ誤解されやすい容姿をしているんですから、そういう悪人ぶった言動には気を付けてください」

「誤解されやすいですか？」

「はい。結婚詐欺師みたいです」

もっとも信頼している少女にきっぱりと断言されて、ナリウスは憮然とした顔で肩を竦める。

「せめてちょい悪と言ってもらえませんかね」

そこにパルミドが、豪快に笑いながら口を挟む。

「あはは、山賊をやっていたやつを、ちょい悪とは言わんだろ」

「はい。立派な極悪人ですね」

ローラもきっぱりと断言する。

腕組みをした女勇者ヒタマが、力強く頷く。

「せめて悪のカリスマと言ってあげよう。悪い男というのは、魅力的だ」

「ナリウス殿はカッコイイです」

ガネットはうっとりとした顔で、ナリウスの左腕に抱き着く。

「ナリウス殿、今宵はもう仕事がないのでしたら、寝室に行きませんか？　わたし、ナリウス殿のおちんちんがないとダメな女みたいで……」

すっかりデレデレになっている先刻までの最強の敵をまえに、パルミドが呆れた顔になる。

「貴様は、あたしのダーリンのおちんちんを切り取るとかすごいこと言ってなかったか？」

「わたしはナリウス殿のおちんちんが大好き、という意味では首尾一貫しているではないか。なにか文句でもあるのか？」

猟奇的な女の主張に、他の女たちは処置なしといった顔で肩を竦める。ナリウスもまた苦笑した。

「そうですね。即位の祝いに、今夜は盛大に楽しみましょうか」

「嬉しい♪」

「あ、抜け駆けはダメですよ。わたしだってナリウスさんのおちんちん食べたいんですから」

ラクウェルが叫ぶ。

「あら、お嬢さん、真面目一辺倒かと思ったら、意外と言うわね」

古参の女たちのやり取りを興味深げに観察していたウェルドニーがまぜっかえすと、ラクウェルは堂々と胸を張る。

「当然です。真面目とスケベという属性は両立するんです。わたしは真面目でスケベなんですよ」

これにはウェルドニーも返す言葉がなく、軽くオレンジ色の目を瞠る。

「はは、これは一本取られましたね。それでは真面目にエッチを楽しむとしますか」

ナリウスは、左手にガネット、右手にラクウェルの肩を抱いて新たに作られた王の寝所に向かう。

「ああん、まってください」

女たちも慌てて、続いた。

※

「あ、こらこら」

寝室に入ったナリウスは、止める間もなく女たちに裸にされた。そして、真新しい大寝台に仰向けになる。

「さぁ、国王陛下、こちらに」

ウェルドニーに引き寄せられたナリウスの頭は、淫女の磨き上げられた美脚に膝枕させる形となった。

そこから見下ろすと、水晶のように透明感のある美人ガネット、巨乳で逞しいパルミド、線の細いラクウェル、綺麗なお姉さんのローラ、筋肉質なヒタマといった面々も裸で寝台に乗ってきており、ナリウスは露悪的に肩を竦める。

「寝台いっぱいに乗った裸の美女たちとは、なかなか得難い光景です。これを見ただけで国を盗んだ甲斐があるというものですよ」

軽口を言うナリウスの唇を、ラクウェルの唇が軽く塞いだ。

「ナリウスさんは黙っていてください。ここからは女の戦いの時間です」

「お、女の戦い……」

戸惑うナリウスに、パルミドが大真面目に答えた。

「平たく言うと、子作り勝負だな。だれが最初に宿すか」

「そうそう、店長は若作りしていますけど、実は三十路ですからね。早急に後継者を作ってもらわないと、開店と同時に倒産ということになりかねませんね」

しっとり笑ったローラは、ナリウスの胸元を撫でる。

「こ、子作りだなんて……、で、できるなら、わたしもナリウス殿の子供が欲しい……キャッ、言ってしまった」

正座した太腿をモジモジさせていたガネットは、真っ赤に火照った顔を隠すようにナリウスの右の腕を上げさせ、腋の下に顔を突っ込んだ。

「わたしは、ナリウスさんの汗の匂いを嗅いでいるだけで幸せなんです。子供だなんて贅沢は言いません」

その様子に、ローラが苦笑する。

「そこまで卑屈になることはないじゃない。でも、店長の汗の匂いが好きというのはわかるわ。落ち着くわよね」

「あ、こら」

ローラもまた、ナリウスの左腕を上げさせると、腋の下に顔を突っ込み、まるで犬のようにクンクンと嗅ぎ、ペロペロと舐めだした。

「まったく、どいつもこいつも油断も隙もないな。とりあえず、後宮に侍る女らしくみなでご奉仕を楽しむとしようか」

ヒタマの音頭に従って、女たちはみな舌を出し、ナリウスの全身を舐め始める。

足の指、手の指、内腿、肘、臍、胸板、鎖骨、脇腹、腰骨と余すところなく女たちの柔らかい舌で舐められた。

くすぐったいが、女の唾液で舐め解かされるような不思議な心地よさがある。

やがて女たちは、順番に逸物に悪戯してきた。頬擦りする者、しゃぶり付く者、亀頭部に接吻する者、睾丸を吸引してくる者。

それらの技のまえにナリウスは悲鳴をあげた。

「ああ、そろそろ入れさせてください」

その懇願を聞いて、女たちは華やかな笑声をあげる。

「ナリウスさんが、どんなに悪カッコイイ男を演じていても、女におちんちんを舐められているときは、ただのスケベおやじですね」

「いや、そう言われても、ね」

ラクウェルの主張にナリウスは苦笑するしかない。

そのときにいたってナリウスは、周囲に自分の女でない女が交じっていたことに気付く。

「リシュル殿がなぜここに？」

二重王国のエージェントは、氷像のような裸身を竦める。

「新王即位の寝室に彩りを添える花は多いほうがいいでしょう。正直、こんな辺境くんだりまで来たのですから、この程度の役得がないとやってられません。それともわたしがいたのでは邪魔ですか？」

「いえいえ、願ってもないご褒美ですよ」

ナリウスは気取った会釈をしようとしたが、いきり立つ逸物を女たちに弄ばれていてはさまにならなかった。

ローラが、ラクウェルに質問する。

「では、今宵の一番槍はだれにしますか？　即位後初めての一番槍、大変な名誉だと思いますが」

ラクウェルは軽く考えたあと答えた。

「う～ん、ここはやはりガネットさんじゃありませんか？　なんだかんだで一ヵ月ぶりぐらいでしょ」

「いえ、わたしはみなさんに比べたら新参者ですから」

「ガネットさんのナリウスさんへの愛は、みなが承知しているところです」

そこにパルミドが口を挟む。

「ああ、貴様は功労者だ。そう遠慮するな」

「みなさんがそうおっしゃってくださるのなら……」

みなに推されたガネットは、膝立ちでナリウスの腰の上に進み出る。

そんな会話に、ウェルドニーが吃驚《きっきょう》の声をあげた。

「い、一ヵ月、一ヵ月、ガネット、あなた一ヵ月もおちんちんを食べてないの？」

「はい」

かつての上司の質問に、ガネットは真面目に頷く。

ウェルドニーは信じられない台詞を聞いたと言わんばかりに、両手を広げて天を仰いだ。

「一ヵ月おちんちんを食べない生活。信じられないわ。わらわならオ○ンコが寂しくて死んでしまうわね」

見かねたパルミドが一喝する。

「この淫乱女が、貴様はオナニーでもしていろ！」

「はぁ？　オナニーだなんて、わらわは変態じゃないんだから、そんな恥ずかしいことできないわ」

ウェルドニーの心外だといった返答に、パルミドは絶句し、驚きのあまりどもりながら叫ぶ。

「お、おまえ、自分が変態じゃないって主張するつもりか！」

「オナニーで性欲を解消するなんて、変態女のすることでしょ？　女は男にやられるものなの。性欲を持て余して、自分で慰めるだなんて恥ずかしい真似、普通の女はやらないわ。

あ、もしかしてアスターシアは、オナニーなんて変態行為したことがあるの？」

「オナニーが変態行為って、普通はするよ、な」

自信がなくなったのか、パルミドは動揺した顔で周りの女たちに視線を向ける。

「同意を求めないでください」

ラクウェルは目を逸らす。

「わ、わたしはナリウスさんのおちんちんが好きです。それでは、遠慮なくいただきます」

ガネットは話をふられるのが嫌だとばかりに、急いで騎乗位で挿入してきた。

「ああ、ナリウス殿のおちんちん、やっぱり気持ちいい。わたし、これが忘れられなくて……。ナリウス殿のこの大きくてゴツゴツしたおちんちんがないとダメな女なんです」

そう言いながらガネットは腰を使い始めた。それはまさに貪るような腰使いだ。

（いやはや、一段とすごい腰使いをするようになりましたね）

鍛え抜かれた女の締まる膣孔の中で、逸物を振り回される。

そんなおちんちんに完敗している最強の女を横目に、パルミドは必死に質問する。

「おまえらだって、オナニーぐらいするよな」

ナリウスに初めてやられたときのパルミドは、性的なことに嫌悪感があり、自らの陰核にも触れられない女だった。それが半年でずいぶんと成長したものである。

顔に火傷があり、見るからにこわもての女が、動揺しているさまが面白くて、ナリウスは苦笑しながら命じた。

「パルミド、せっかくですからキミのオナニーを見せてください」

「えっ⁉」

思いもかけなかった提案だったらしくパルミドは絶句する。

「するんでしょ、オナニー。見せてくれたら、次はパルミドの番ということでどうです？」

「わ、わかった。見せればいいんだろ。見せれば……」

取引に乗ったパルミドは、ナリウスとガネットが騎乗位でセックスを楽しむ横で、大股を開いて自涜を開始した。

「うわ、本当にオナニーしていますわ。我が従妹がこんな変態だったなんて恥ずかしい」

ナリウスの頭を膝に抱いているウェルドニーは、わざとらしく泣き崩れる真似をする。

「う、煩い。おまえらだって本当はオナニーするだろ。オナニーしない女なんていない、いないはずだ……ああん」

日頃からオナニーをしているのなら、自分の急所はよく心得ているのだろう。そのうえ仲間たちに見られながらの行為ということで、いつも以上に感じているようだ。なかなかの濡れっぷりだ。

その光景を楽しみながらナリウスは右手を伸ばすとローラの股間に、左手を伸ばすとヒタマの股間に入れた。

「あん」

「ひぁん」

二人の膣孔はすでに濡れていた。それを穿りながら、ナリウスは口を開く。

「リシュルさん、パルミドのことをお願いします」

「承知いたしました」

ニヤリと笑ったクールビューティーは、屈辱的なオナニーをしていた女にとりついた。

「ちょ、ちょっと、あたし、女には興味が、ない、ああ～ん」

二重王国のエージェントは、予想通り性戯にも長けていたようだ。逃げようとするパルミドを押さえつけて、一方的に弄び始めた。

その光景を呆れた顔で見ていたラクウェルに、ナリウスは命じる。

「宰相閣下は、わたしの顔に跨がってください」

「少なくともナリウスさんの好き者ぶりは、王にふさわしいですね」

処置なしと言いたげに溜息をついたラクウェルは、いそいそとナリウスの顔に跨がる。

ナリウスの頭は後ろからウェルドニーの股間に、前からラクウェルの股間に挟まれることになる。

牝の匂いに酔って頭をクラクラさせながらも、ナリウスは舌を伸ばした。

ピチャピチャピチャ……。

熱い雫《しずく》が滴り、ナリウスの顔を汚す。

「ああん、ナリウスさんの舌、気持ちいい。ナリウスさんはわたしの気持ちいいところを全部知っています」

物心付いたころから知っている近所の優しいお兄さんに陰部を舐められて、秀才少女は恍惚となる。

「ああん、ナリウスさんのおちんちん気持ちいい、気持ちいい、気持ちいい」

ガネットは極上の酒を舌で転がして楽しむように、愛しい男の逸物を膣内で味わいつくす。

そのさまを目の当たりにしてラクウェルは、温かく微笑する。

「ガネットさん、またナリウスさんのおちんちんを食べられてよかったですね」

「はい。ご迷惑をおかけしました。これからはナリウスさんの傍にあって決して離れません。このおちんちんに誓って、ああ♪」

男の腰に跨がり、鬼の腰使いを披露していたガネットがついに絶頂した。

その力強い絶頂痙攣によって、男根は搾り取られる。

ドビュッ！　ドビュッ！　ドビュッ！

「ああ、気持ちいい♪　これです。これが欲しかった。ナリウス殿のザーメン♪」

膣内射精を受けて身もだえるガネットの姿に、周りの女たちは生唾を飲む。

さすがに千人斬りをしたと自称する王女様は、他の女とは格が違うようである。ちょっとやそっとで満足することはないらしい。

しかし、すぐに求めてこようとはせずに、身を寄り添わせてきただけだった。

その大きな乳房を手に取りながらナリウスは、かねてから気になっていたことを質問する。

「一応、聞いておきますが、わたしはあなたの親の仇となるわけですが、思うところはないのですか？」

「それはもちろんあるけど、仕方のないことだと受け入れているわ。あのままいけば国が滅びるというのは見えていたし……。わらわなりにいろいろ手を打ったんだけどね。我が国で取れる唯一の特産品フレイムの研究に力を入れて国力の充実を図ったり、戦争しても恩賞を出せないから、功績のある兵士はわらわとセックスさせてあげたり、油断できない貴族たちを引き留めるために美女をあてがったりね。結局、力及ばずこのような仕儀と相成ってしまったけど、あなたはわらわの弟妹たちを助けてくれた。感謝しているわ」

「ほぉ～」

ただの痴女だと思っていたウェルドニーも、彼女なりに国の行く末を憂えていたのだと知って少し意外ではあった。

（一軍の将をしていたくらいだから、他の姉妹たちとは違うということですか）

それなりの将才もあることだし、野に放つのは危険だろう。手元に置いておけば、パルミドが首に鎖を着けるであろうから問題は起きないはずだ。

ウェルドニーの姉妹たちは、功績のあった家臣たちに下賜してしまうつもりでいる。

（まぁ、問題は山積でしょうが、せっかく国を盗んだのだ。せいぜい楽しませてもらいましょう）

国を盗んだ悪党は、美女たちと心行くまで楽しんだ。

※

世に『山賊王』と呼ばれたナリウスがヒルクライム王国の新たな王となった仙樹暦１０３７年は、ドモス王国とオルシーニ・サブリナ二重王国がメリシャントで激突した翌年である。

両大国が角逐《かくちく》を競うどさくさの中、下剋上に成功したナリウスは、オルシーニ・サブリナ二重王国に帰順。

二重王国としても苦しいときであったから、ナリウスの行為を認めて歓迎した。

そのため交易なども盛んとなり、停滞していた国内経済は飛躍的に改善する。

悪名高き男の治世は、ひとまず順調な船出を迎えられたようだ。

電子限定
戦国時代を華々しく駆け抜けた武将、水野勝成の
波乱万丈な生涯を描いたエッチな本格大河小説が
装い新たに1～3巻まで好評配信中!!
戦国艶武伝
第3巻
～疾風の抄～
竹内けん 挿絵：金目鯛ぴんく

二次元ドリーム文庫
マスコットキャラクター
ふみこちゃん
イラスト：笹弘

ハーレムヴィラン
山賊王と呼ばれた男

2020年10月3日　初版発行

【著者】
竹内けん

【発行人】
岡田英健

【編集】
横山潮美
上田美里

【装丁】
マイクロハウス

【印刷所】
株式会社廣済堂

【発行】
株式会社キルタイムコミュニケーション
〒104-0041　東京都中央区新富1-3-7ヨドコウビル
編集部　TEL03-3551-6147 ／ FAX03-3551-6146
販売部　TEL03-3555-3431 ／ FAX03-3551-1208

禁無断転載 ISBN978-4-7992-1405-3　C0193

「すっごい、気持ちよさそう……」

かくして、女たちに火が付いた。

「次はわたしに」

「いえ、わたくしに」

「あたしに頂戴」

さらにリシュルの声がかかる。

「こちらも準備万端ですよ」

視線を向けると、パルミドはマングリ返しでさらした膣孔を物欲しそうにカパカパと開閉させていた。

女忍びの責めは相当にえげつなかったようで、そのトロトロの表情からは、ヒルクライム王国に悪名を轟かせた顔の焼けた女山賊の威厳はなくなってしまっている。

「そういえば、次はパルミドという約束でしたね」

ガネットの膣内から逸物を抜いて立ち上がったナリウスは、約束通りにパルミドの体内に押し込んだ。

「うほ♪」

逸物を入れただけでイってしまったパルミドの姿に、リシュルがヤレヤレと肩を竦める。

「女はおちんぽには勝てませんね」

パルミドの上で腰を使っていたナリウスの背中に、大きな双乳が押し付けられる。

そして、ナリウスの頭越しにウェルドニーはのぞき込む。

「あは、アスターシアってば、おちんぽ食っているときこんなだらしない表情になるのね。へぇ～、意外にかわいいところがあるじゃない」

「み、みるな」

憎い従姉にアへ顔を見られて、パルミドは慌てて顔を手で隠す。

「ねぇご主人様、どうせだからわらわのオ◯ンコとアスターシアのオ◯ンコ、どちらが気持ちいいか味比べしてみません？」

「き、貴様っ⁉」

「あら、自信ないの？」

挑発されたパルミドは、一瞬、微妙な表情になるも、ムキになって叫んだ。

「貴様のような淫乱痴女より、あたしのオ◯ンコのほうが気持ちいいに決まっている」

「あら、オナニーなんてしている粗末なオ◯ンコで、わらわの千人斬りオ◯ンコに挑戦するだなんて、身の程知らずね」

「てめぇ」

一触即発な従姉妹のやり取りに、ナリウスは溜息をつく。

「仕方ありませんね。二人まとめて面倒をみてあげますよ」

不倶戴天の仇であった元王女と王弟姫を並べて尻を突き出させると、交互に逸物を入れてやる。

「うほ、いい、いいいわ。やっぱり、ご主人様の極太ちんぽ、わらわのオ◯ンコによくなじむわぁ〜」

「ふざけるな。あたしのオ◯ンコのほうが、ダーリンに合うに決まっている」

張り合う従姉妹たちを他所に、ナリウスは必死だ。

というのも、二人の膣孔が甲乙つけ難い名器であるのは当然として、周りの女たちは面白がって、ナリウスの睾丸や肛門を舐めてきたのだ。

（こ、これは……精液がいくらあっても足りませんね）

やっとの思いで、パルミド、ウェルドニーを同時に絶頂させたあと、生まれたときから知っている少女と店の女番頭と女勇者を犯す。さらに他国からのエージェントまで満足させなければならなかった。

「はぁ……、はぁ……、はぁ……」

巨大な寝台にところ狭しと裸の女たちが倒れている光景を見て、ナリウスが余韻に浸っていると、ウェルドニーがしなだれかかってきた。

「真面目ちゃんも、硬派な復讐鬼も、みんなまとめておちんぽ奴隷にしちゃうだなんて、ほんと悪い男ね」